Friedrich Huch

Mao

Roman

Friedrich Huch: Mao. Roman

Erstdruck: Berlin, S. Fischer, 1907

Neuausgabe
Herausgegeben von Karl-Maria Guth
Berlin 2017

Umschlaggestaltung von Thomas Schultz-Overhage unter Verwendung des Bildes: Amedeo Modigliani, Der Junge, 1918

Gesetzt aus der Minion Pro, 11 pt

Verlag: Henricus - Edition Deutsche Klassik GmbH
Mörchinger Str. 33, 14169 Berlin, info@henricus-verlag.de
Druck: Libri Plureos GmbH, Friedensallee 273, 22763 Hamburg

ISBN 978-3-7437-0174-8

Bibliografische Information der Deutschen Nationalbibliothek

Die Deutsche Nationalbibliothek verzeichnet diese Publikation in der Deutschen Nationalbibliografie; detaillierte bibliografische Daten sind im Internet über www.dnb.de abrufbar.

1.

Thomas war in einem großen, alten Hause geboren, das zurückgezogen und ernst in einer breiten Ecke des Marktes lag, im Mittelpunkt der Stadt. Es hatte weniger Stockwerke und viel höhere Fenster als die Nachbarhäuser, die es hart begrenzten. Hinter dem sonneverbrannten braunen Torbogen lag ein kühler, hoher Flur, dessen Decke zwei wuchtige weiße Säulen stützten; eine weite Treppe mit sehr niedrigen Stufen führte empor bis zur ersten Plattform, bis zu dem quadratisch geschnittenen, riesigen weißen Schiebefenster, gegen das die leuchtenden Blätter der Fliederbäume klopften:

Da lag ein weiter Garten mit alten Bäumen und wilden Rasenflächen, und ein tiefer Hof, überschattet von dem hohen Grün des Gartens, und stumm und alt schaute die lange Fensterreihe einer ungeahnten Seitenfront des Hauses auf ihn nieder. Wo sie endete, war ungewiß. Es war auch ungewiß, was auf der anderen Seite des Gartens lag. Thomas wußte es, seitdem er sich einmal durch die dichte hohe Buschmauer bis an den schwärzlichen Lattenzaun hindrängte: Da sah er tief unter sich ein schmales, dunkles Wasser ziehen, dahinter kauerten verbaute kleine Häuser. – In seine Tiefe hinein nahm der Garten endlich jählings ein Ende: Es legte sich eine rauhe, breite, fensterlose Wand davor, an der in großen Abständen auf dicken schwarzen Holzplatten schwere eiserne, verrostete Ringe hingen, unbeweglich, ein Jahr wie das andere. Die Wand mußte wohl zu einem Gebäude gehören, denn es lag ein düsteres, schräges Dach darüber, in dessen einziger Luke einmal ein rohes Gesicht erschien, und eine Hand dazu. Dies Erlebnis verschwieg Thomas selbst seiner Mutter. Aber unbeweglich, ein Jahr wie das andere, sah alles wieder herab, und er vergaß sein Mißtrauen. Zuweilen aber, ohne daß er selbst es wußte, kehrte er sich von dieser Mauer ab und schritt dem entgegenliegenden Ende des Gartens zu:

Durch die Stämme hindurch nahte sich die weite Steinhalle zu ebener Erde, mehr und mehr hob sich der grüne Blättervorhang, es erschienen die großen grauen Fensterbogen, die Pilaster wuchsen höher und höher, bis sie in reichem, schwerem Kapitell unter dem Giebel endeten, und aus seiner düsteren Miene grüßte das altvertraute, verblaßte Wappenschild herab.

So lag der Garten und auch das Haus versteckt vor aller Welt, denn von dem Markt aus sah man nur den kleinsten Teil von ihm, von dem Garten aber nichts, und nur der hohe, finstere Turm, der jenseits des Wassers in ungewisser Ferne in den Himmel ragte, der sah alles ganz.

Man sagte auch, daß Geister in diesem Haus umgingen, das einst von einem alten Fürstengeschlecht erbaut war, und auch Thomas wußte davon, obgleich sein Vater sagte, es gäbe keine Geister, und nur ungebildete Menschen könnten an sie glauben. Und sie erschienen ihm auch nicht schrecklich, sondern freundlich, er dachte ihrer zuweilen selbst mit einer unbestimmten Sehnsucht. Aber er sprach zu niemandem davon, besonders nicht zu seiner Schwester, die um zwei Jahre älter war als er. Sie kam ihm ganz erwachsen vor. Ursula hieß sie – ein Name, den er aussprach wie jeden andern und der doch von ganz besonderem Klange war. Es lag in ihm eine Weit für sich, jene Welt, die nicht Thomas' Welt war, und doch hatte er zugleich eine Kraft von fast schicksalsmäßiger Gewalt, denn sie war die Ältere, die Stärkere, der er sich in ihrem tageshellen Beieinandersein willenlos zu beugen pflegte. Sie liebte das Zusammensein in größerer Gesellschaft, die er mied. Sie hatte viele Freundinnen und er keinen Freund. Doch konnte es geschehen, daß er draußen auf der Straße ein Kind sah, dessen Bild sich mit Heftigkeit in sein Herz eingrub, das er dann kaum wiedersah, und so lange nicht vergaß, bis es durch ein anderes Bild ersetzt ward. Eine solche halbgesehene Gestalt fand er in der Laube des Gartens wieder, unter der großen Linde, die ihre Zweige in weitem Umkreise zur Erde sandte, oder im Wipfel des weitästigen, vielgestaltigen Fliederbaumes, in dessen Höhe er sich einen Sitz gezimmert hatte. Auch in seinen Märchenbüchern, die noch aus der Kinderzeit Frau Elisabeths stammten und schon damals alt waren, fand er solche Sehnsucht weckenden Gestalten, und zuweilen mischten sie sich mit denen der Wirklichkeit.

Niemand ahnte etwas von seinen träumerischen Erlebnissen. Wenn einmal ein Strahl von außen in sie hineinzudringen drohte, zog er sich tiefer in sich selbst zurück und wartete, bis die Gefahr vorüberging.

So war es einmal zur Zeit der beginnenden Kirschenreife.

Ursula hatte ein weit beweglicheres Auge als er selbst, kletterte auch besser, und so gelang es ihr zumeist, die spärlichen, in ihrer Entwicklung vorausgeeilten Früchte zu verspeisen, noch ehe er sie zu Gesicht bekam; sie machte sich einen Spaß daraus, ihn mit den nassen Kernen zu bewerfen. Frau Elisabeth kam dazu, sah ins Grün hinauf, wo sie sich versteckt hielt, und schalt sie. Wie ein großes schönes Mädchen stand sie da im Rasen, mit unbestechlich ehrlichen Augen, die keinen überzeugteren und ehrlicheren Ausdruck hätten zeigen können, wenn es sich um Schuldig oder Nichtschuldig eines Mörders gehandelt hätte. Sie entfernte sich wieder, und nun fiel bald hier, bald da eine vereinzelte Kirsche herab, die Thomas zu einer späteren Teilung sammeln sollte. Und wie er hinauf zu dem Baume sah, sah er auch hinauf zum Himmel, auf dem die weißen Lämmerwolken zogen, und er wurde immer träumerischer. Der Himmel ward zur Halde, und nun sah er auch den Hirtenknaben. Er schloß die Augen: Blond wie er selbst, aber viel, viel schöner. Eine heftige Sehnsucht faßte ihn, das Bedürfnis, irgend etwas für ihn zu tun, etwas, das ihm lieb war, ihm zu opfern. Da machte er in aller Hast ein Loch in die Erde und vergrub alle Kirschen da hinein. Ursula stieg nun vom Baum, und er log stotternd, er habe sie alle allein gegessen. Die Wahrheit entging jedoch ihrem Spürblick nicht, empört erzählte sie alles ihrer Mutter, und Frau Elisabeth konnte es nicht fassen, wie ihr Sohn, dem jede Berechnung so fern lag, plötzlich Züge allerkleinlichster Mißgunst zeigen konnte, deren Ursprung sie vergebens herauszufinden suchte. Denn Thomas schwieg. Er verstummte, noch ehe das erste halbgedachte Wort heraus war, so wie jemanden die ungewisse Tiefe abhält, herabzuspringen. – Grübelnd sah sie in sein Gesicht, das auf sie blickte, als sähe er sie in der Ferne.

Sie fühlte wohl, dies Kind war anders als Ursula, schwerer zu durchschauen, obgleich auch Ursula ihr manches Kopfzerbrechen machte. Aber sie war doch gesprächig und äußerte sich über alles, was in ihren Kreis trat, so daß sie leichter zu behandeln war als Thomas, der über alles schwieg. Und wenn sie ihn einsam, unbeweglich im Grase sitzen sah, eine Viertel-, eine halbe Stunde lang, wenn sie dann endlich auf ihn zutrat und sein träumerischer stiller Blick durch sie hindurchzugehen schien, dann ward ihr sonderbar zu Sinn.

»Ein merkwürdiges Kind!« hatte der Justizrat einst gesagt, als er nach der ersten aufgeregten Begrüßung seiner Frau den neugeborenen Thomas betrachtete. Und eine Zeitlang glaubte er, es sei überhaupt blind, da es nicht so wie früher Ursula die Augen drehte nach den Gegenständen, die er über seinem Kopf hin und her schwang. Und später mißfiel ihm, daß er nicht unaufhörlich schrie, wenn man ihn nicht beschäftigte, sondern daß er meist unbeweglich da lag, die Augen an die Decke geheftet. Da war Ursula anders gewesen! Schon in der Wiege zeigte sie sich wählerisch in ihrem Spielzeug, und die gleichen Lieder, oft gehört, taten keine Wirkung, während man für Thomas nur immer dieselben kleinen Töne zu singen brauchte. Und Ursula machte schon vorzeitig und ganz von selber Gehversuche, während es schien, daß Thomas, wenn es nach seinem Wunsche gegangen wäre, niemals seine horizontale Lage verlassen hätte. Die Jahre strichen hin, und nun sagte der Justizrat: »Habe ich nicht recht gehabt? Hat sich der Junge entwickelt? Noch immer starrt er an die Decke, mit dem Unterschiede, daß er es nun weiß und sich schämen sollte! Gehen kann er, aber braucht er seine Beine! Es steckt eine ganz verdammte Verträumtheit in ihm; von uns hat er die nicht!« –

Damit meinte er seine eigene Familie, ein rasch emporgekommenes Geschlecht, das sich in Not und Arbeit durch das Leben schlug, und dessen letzte herangereifte Glieder, er und sein Bruder Matthäus, nun zu den angesehensten Männern der Stadt gehörten. Er pflegte zuweilen hinzuweisen auf seinen bescheidenen Stammbaum, scheinbar ihn herabsetzend im Gegensatz zu der Familie seiner Frau, die von jeher angesehen und geachtet war, in Wirklichkeit aber in einem ganz bewußten Stolze, daß er als der erste seines Stammes vollgewappnet, in dem Gefühl lauterer Unantastbarkeit, in einem Kreise stand, den er sich selbst geschaffen, in dem er bewundert und befehdet ward.

Seine Kinder, die er nicht häufig sah, behandelte er launenhaft und ungleichmäßig. Thomas fühlte dieses, Ursula aber, die niemals Angst vor irgendeinem Menschen hatte, kam, ob er lustig oder ernst, nervös oder heiter aussah, unbekümmert auf ihn zu, setzte sich ihm ohne weiteres aufs Knie und verstand es auch zumeist, seine Stimmungen zu verscheuchen, indem sie sie einfach nicht beachtete. Stets wußte sie etwas Neues, und in die größte Heiterkeit konnte sie ihn versetzen, wenn sie ihm das Gesicht und die Sprechweise irgendeines älteren Herrn, etwa eines Magistratsbeamten, vormachte, dem sie auf der Treppe oder oben in ihres Vaters Arbeitszimmer begegnet war. Sie hatte ein ausgezeichnetes Gedächtnis; es ließ sie oft Dinge sagen, von deren Inhalt sie keine Ahnung hatte, und so etwas machte ihn dann ganz glücklich. Er liebte es, ihr fremde Worte vorzusagen, die sie gedankenlos und mit größter Unbefangenheit nachsprach. Thomas hörte zuweilen aus einem Winkel zu, und jene Laute klangen in ihm dunkel wider; sein Vater erschien ihm wie ein höheres Wesen, das Geheimnisse wußte, die anderen fremd waren. Mit Abneigung sah er dann auf seine Schwester Ursula, in deren Mund ihm jene Worte wie entheiligt klangen. Und doch sprach sie das alles wieder so, als seien es ihr längst vertraute Dinge, und er blickte sie mit Scheu an. – Wenn sich dann sein Vater endlich erhob, ihr auf die Backe klopfte, zu ihm hinübersah und fragte: »Nun, Thomas, und du?« – dann legte es sich schwer auf seine Seele, er fühlte, er müsse Rechenschaft ablegen über etwas, und konnte es doch nicht. Und er sah mit Unbehagen auf seine Schwester, die da so sicher und selbstverständlich stand und ihn mit etwas zurückgeworfenem Kopf betrachtete. Oft kam er sich ganz verlassen vor. Am stärksten war dies Gefühl, wenn er im Garten saß und auf die Fensterbogen, auf das Dach sah, oder wenn sein Auge auf dem verblaßten alten Wappenschilde ruhte. Dann lief er voll unbestimmter Unruhe in das Haus hinein, strich durch all die hohen, düstren Zimmer, und seine Angst ward geringer, zerging und löste sich in dämmerige Stille. Seine Schritte wurden langsamer, er sah sich um, überdachte die Räume, die er durchwanderte, bis er zu diesem dunklen, versteckten Winkel kam, horchte auf die fernen Geräusche der Außenwelt, und ihm war wohl, daß er hier drinnen war, allein, ohne daß jemand von ihm wußte.

Er müßte zur Schule gehen! sagte sein Vater. Aber Frau Elisabeth wollte ihn die beiden ersten Jahre, die eigentlich nicht mehr ihr allein gehörten, bei sich behalten. Sie unterrichtete ihn selbst. – »Matthäus hat seinen Sohn auch schon in die Schule gegeben, und der ist jünger als Thomas«, beharrte der Justizrat. Aber Frau Elisabeth entgegnete: »Matthäus' Sohn hat seine Haare auch jetzt schon wie ein Sträfling und trägt einen Männeranzug. Mir ist mein kragenloser Thomas lieber.«

Dieser Onkel Matthäus, um einige Jahre älter als ihr Mann, zeigte in seinem ganzen Wesen noch die Spuren seiner Abstammung. Er war Kaufmann, sehr tüchtig in seinem Fach, bekleidete mehrere Ehrenämter, war Aufsichtsrat an verschiedenen Fabriken und hatte schon früh eine stetig wachsende Familie begründet, nachdem er ein Mädchen aus einer kleinen Beamtenfamilie heiratete, dem er von Anfang an Treue geschworen hatte. In dieser Familie galt er als ein höheres Wesen. In seines Bruders Haus verkehrte er nicht viel, da er eine Abneigung gegen Frau Elisabeth empfand, der seine ganze Art des Wesens fremd war. Trafen sie aber zusammen, so tat er, als habe er sie erst gestern zum letztenmal gesehen. Er hatte eine Art die Hand zu reichen, mit etwas vorgeneigtem Kopf und biedermännisch treuen, froh-ernst gespitzten Lippen, daß es Ursula, die diesen Onkel ganz besonders liebte, erst nach längerer Übung gelang, ihn einigermaßen naturgetreu nachzuahmen.

Thomas aber war er geradezu entsetzlich. Er fühlte sich in seinem ganzen Sein erschüttert, wenn Onkel Matthäus, mit seinem viereckig geschnittenen Vollbart, mit seinem lauten, nur auf die nüchternste Wirklichkeit gerichteten Wesen nur zu ihm sprach, mochten es auch gleichgültige Dinge sein. Er empfand ihn beinah als Feind, und dies untrügliche Gefühl verstärkte sich.

Eines Tages hörte er, wie er seinem Vater zuredete, sich, so wie er, im Villenviertel anzusiedeln, wobei er durchblicken ließ, daß seines Bruders Mittel es erlauben würden, ein Haus zu kaufen, wie er selbst es im Leben nie besitzen würde. Ja er nannte ihn geradezu einen reichen Mann, der sich hier mitten in der Stadt vergraben habe und mit dem schönen Gelde doch ganz andere Dinge anfangen könne.

Frau Elisabeth waren diese Worte, gesprochen vor den Kindern, nicht sympathisch. Sie schickte sie hinaus, aber Thomas hörte doch noch, wie sein Onkel sagte: »Nun, wenn du so an diesem Platze hängst, dann steck den alten riesigen Kasten an und bau ein neues Haus an seiner Stelle.« – Ursula drehte sich unter der Tür um und rief: »Und all die alten Möbel ebenfalls!«

Thomas warf einen schnellen, schutzsuchenden Blick auf seine Mutter; aber sie hörte aufmerksam und höflich zu, als handle es sich um irgendeinen gleichgültigen Gegenstand. Ursula, sehr angeregt, lief sogleich zu den Dienstboten und verkündete alles wie etwas Sicheres, Feststehendes. Thomas aber ging langsam in sein Schlafzimmer und blickte hinüber zu den fernen Tür- und Fensterbogen mit den geschweiften Pfeilern, und zu dem Giebel mit dem alten Wappenschilde.

Man kann es gar nicht anzünden, dachte er endlich; es ist viel zu alt. – Und halb getröstet blickte er auf die Scheiben, in denen die Lichter der Abendsonne funkelten. Sie wurden größer, siedender und rosenrot, und jetzt erkannte er auch die hohen, goldgeschnitzten Spiegel an den Wänden, die zu glühen schienen wie von innerem Feuer. Er sah, wie das Feuer höher und höher fraß, wie es den ganzen Saal ergriff und in die hinteren dunklen Zimmer drang, worin die Geister hausten. Sie liefen durch die Tür davon, aber das Feuer drang hinter ihnen her; sie fanden die versteckte Pforte, sie eilten die enge Wendeltreppe hinauf bis hoch zum Boden, und das Feuer schlug zu ihren Füßen auf. Aber Geister konnten doch nicht brennen? – Und doch fühlte er es unerbittlich: Alles verbrannte, alles. Und er selbst, was wurde dann aus ihm? – Er seufzte tief und sah empor zum finsteren Turm, der jenseits des Gartens ferne ragte. Und wie sein Blick endlich zurückkehrte zu den hohen Fenstern, da lagen sie kalt und bleifarben und beinahe drohend. Auch der Garten unten war so still, und auf einem fernen Dach begann ein Ding sich zu bewegen, das unheimlich war. – Er trat zurück vom Fenster in die stille Stube, in der die Dämmerung lag. Dort stand der Schrank, und dort sein Bett, und hoch über ihm hing das alte Bild mit seinem blinden Glase; alles war genau, wie er es seit immer kannte, still und versunken nach müdem Tageslicht. – Verloren blickten seine Augen. Da hörte er das Geräusch der kleinen Pendeluhr. Wie kam es nur, daß er es jetzt erst hörte? Deutlich konnte er die kleine Scheibe herüber- und hinüberfliegen sehen. Er war an ihren Ton gewöhnt, und doch hörte er sie jetzt zum ersten Male wirklich. Und mit Beklemmung lauschte er. Wie sonderbar das war, so mitten in der Stille. – Auf den Zehen trat er näher zu ihr hin, und endlich stand er dicht vor ihr. Unermüdlich flog der Pendel hin und her. Viel lauter klangen die Bewegungen. Sie wurden schneller und immer schneller, und schließlich war es so, als ob irgend etwas Schreckliches, das sich schon lange näherte, im nächsten Augenblick auf ihn hereinbrach.

Voll Angst lief er hinaus. – »Die Uhr wollte mir etwas tun«, flüsterte er leidenschaftlich und barg den Kopf im Schoße seiner Mutter.

2.

Lange Zeit ging Thomas in heimlicher Bedrückung, die nicht bemerkt ward, weil er ja immer ein wenig bedrückt erschien und sein stilles Wesen nun einmal zu ihm gehörte, so wie das laute zu seiner Schwester Ursula. Immer und immer wieder kamen ihm die Worte seines Onkels in den Sinn. – Ursula hatte sich gefreut, daß das Haus verbrannt werden solle. – Sein Vater klagte oft über die großen Kosten, die seine Erhaltung forderte, schalt auf seine Baufälligkeit und auf die unpraktische und weitläufige Verteilung der Zimmer, und auch seine Mutter hing nicht an ihm. Das fühlte Thomas deutlich. – In Wahrheit liebte sie es nicht. Die weiten und sehr hohen Räume erschienen ihr kalt und unwohnlich, und die verfallene alte Pracht, zu der wieder die Möbel, die Bilder, sowie das ganze übrige Hauswesen nicht im Einklang standen, hatte für ihr Gefühl nur etwas Peinliches. Um die Kosten der Erhaltung etwas zu mindern, wurden einzelne Teile des letzten Flügels an kleine Leute vermietet. Zwar war jene Wand des Flügels, die nach dem Garten hinsah, fast ohne Fenster, und die wenigen vorhandenen hatte man versperrt, und auch sonst hielten sich diese Mitbewohner in strengster Abgeschlossenheit, aber trotzdem empfand es Frau Elisabeth als würdelos, daß sie mit Menschen niederen Standes und gemeineren Gefühls gleichsam unter einem Dache leben mußte. – Wie tief im Innern fremd ihr aber alles war, das empfand Thomas erst ganz, als sie einmal ihren Gatten bat, wenn sie in diesem Hause wohnen blieben, so möge er ihr wenigstens einen kleineren behaglichen Raum schaffen; und sie schlug vor, eines der großen vorderen Zimmer durch eine Mauer in zwei zu zerlegen. Thomas' ganzes Gefühl widersetzte sich diesem Gedanken, der ein Verbrechen an der Heiligkeit des Hauses war. Er begriff es überhaupt nicht, wie jemand ihn nur fassen, wie man auf ihn geraten konnte. Und sein Glaube an die Unantastbarkeit des Hauses war so groß, daß er vermeinte, selbst wenn alles so geändert würde, wie seine Mutter wollte, stände es am nächsten Morgen doch genau so da, wie es zuvor gewesen war. – Er wußte, daß das Haus nicht von allem Anfang so war, wie er es kannte, daß nur die großen Grundmauern in grauen Zeiten wurzelten, daß die hinteren Flügel später angebaut wurden, und daß es erst vor zwei Jahrhunderten seine letzte, endgültige Gestalt bekam. Aber das alles war durch die Vergangenheit geheiligt, und die Mauern, die einst neu waren, waren alt geworden, so alt wie alles andere.

Jener Vorschlag des Onkels Matthäus ward nie wieder erwähnt, von dem Verkauf des Hauses ward nicht mehr gesprochen.

Niemand kannte das Haus wie Thomas. Dinge, auf die sonst keiner achtete, die man anblickt, ohne sie zu sehen, waren ihm stille und vertraute Freunde. – Schräg gegenüber der dunklen Stube, wo er am Fenster sitzend seine Hausarbeiten für die Schulstunden bei seiner Mutter schrieb, lag ein sonderbarer Vorbau. An dieses Fenster setzte er sich, wenn es regnete. Da blickte er dann zur Dachrinne auf und sah die Regenfäden grau und verdrossen niederziehen, und über dem schmutzigroten Dache mit der grauen Luke lag der tote graue Himmel, und eintöniges leises Klopfen füllte das Schweigen. Es war dann, als würde die Weit nie wieder schön, als müsse man ewig zu dem trüben, scheinhaften Dach aufsehen. Da oben gab es ein Regenrohr, dem Thomas stillschweigend befreundet war. Man wußte nicht, wo es begann. Es verlief mit einer plötzlichen Wendung unter einem kurzen Schornstein. Bald schien es froh, bald mißgestimmt. Thomas konnte nie entscheiden, ob es eigentlich gerne Wasser spie, oder ob es das nur aus Not und Zwang tat. Es begann ein jedes Mal mit leichtem Tropfen, als gehe es im Grunde nur widerwillig und zögernd an die Arbeit. Darauf wurden die Tropfen in schnellerer Bewegung zum kleinen Rinnsal und endlich zu leichten Wasserfällen. Regnete es dann in Strömen, so schoß es das Wasser in breitem Strudel vor, und dann hatte Thomas das deutliche Gefühl, als sei ihm das zuviel, als möchte es sich dagegen wehren, ohne es zu können, und als sei ihm schließlich jammervoll zumute. Wurden endlich die Wassermassen wieder kleiner, bis nur noch Tropfen niederfielen, so schien es im Zustand gänzlicher Erschöpfung. Und hörte auch der letzte Wassertropfen auf, so starrte seine runde schwärzliche Öffnung beinahe dumm, – was Thomas mehr fühlte als wirklich dachte. Neben ihm schien es der Schornstein gut zu haben. Es regnete in ihn hinein, ohne daß er etwas davon zu merken schien, ja mitunter stiegen plötzlich im allerärgsten Prasseln Rauchwolken aus ihm empor, unbekümmert um den Regen und dem Rohre beinah wie zum Hohn. Deshalb liebte Thomas ihn auch nicht. – Jedes Zimmer hatte seinen besonderen Klang, seine besonderen Eigenheiten des Fußbodens, jede Türklinke ihr eigenes Wesen, ihr eigenes Ansehen, ihren eigenen Ton. Und er kannte das alles so gut, daß er sich nur vorzustellen brauchte, er wäre in diesem oder jenem Raum, um wirklich darin zu sein. Die Klinke, die vom Vorplatz zum Eßzimmer führte, war mürrisch und liederlich; nicht mehr ganz fest in ihrem Gefüge, gab sie verdrossene Töne von sich. Sie wurde viel benutzt, war blank und abgegriffen und schaute stumpfsinnig Gott weiß wohin. Eine andere hatte einen frechen Ausdruck, und er mußte an eine Fliege denken, wenn er sie ansah. Sie war aus poliertem Eisen, schnappte hart nach oben und brachte jedesmal die ganze Tür ins Zittern. Böse packte er sie zuweilen und warf sie ins Schloß, wobei er nicht bedachte, daß das rundliche, freundliche Geschöpf auf der anderen Seite mitleiden mußte. An der hohen Flügeltüre aber, die vom Wohnzimmer zum Saale leitete, befand sich ein ernster, dunkler Drücker, der nie auch nur den leisesten Ton von sich gab. Vor ihm hatte Thomas Ehrfurcht. Auch unter den Öfen hatte er seine Freunde und seine Feinde. Einen aber gab es, vor dem hatte er ein Grauen. Der befand sich in einem der riesigen leeren Zimmer, die ihr düsteres Licht nur durch verhängte hohe Glastüren empfingen. Es war auch eigentlich kein Ofen, sondern eine Ausgeburt der Wand, des Hauses selbst: Sein finsteres Loch führte ins schwarze Leere, und hoch über ihm war etwas aus Stein, wie zwei lauschend gespitzte Ohren, die niemandem gehörten. –

So war ihm ein jedes Ding, ob feindlich, ob freundlich, vertraut im Hause. Immer aber, wenn er an alles zusammen dachte, verschwand jedes einzelne für sich: Er sah die Zimmer ohne Möbel, ohne Bilder, ja selbst die Türen waren dann nicht mehr da, und nur die Wände ragten hoch und still, und darüber lag die Decke wie ein gemauerter flacher Himmel.

Wenn er dort oben über sich dumpfe Schritte hörte, was nicht oft geschah, ward ihm mitunter schwindelig zumute, und ihm war für einen Augenblick fast, als stände er auf dem Kopfe. Und geheimnisvoll verklangen die Schritte, und er malte sich aus, wie der da droben nun weiterging und immer weiter, über allen Räumen des ganzen Hauses, ohne daß ihn jemand sah. Manchmal, wenn er selber in den Räumen umherging, vermeinte er, es müsse ihm ein unerklärlich herrliches Wesen entgegenschreiten, und wenn die Hausglocke läutete, lief er zuweilen schnell zur Tür, in plötzlicher Gewißheit, da draußen stände etwas Märchenhaftes, das zu ihm herein wolle.

Seine Mutter suchte seine träumerischen Neigungen nach Kräften abzuleiten. Die kindlichen Spiele, die sie früher mit ihm spielte, wurden durch ernsthaftere ersetzt, wie er nun ein wenig älter ward. Thomas gab sich nicht viel Mühe und freute sich neidlos, wenn sie ihn besiegte. Ja, dieses Besiegtwerden war ihm viel angenehmer als das Siegen; langsam, einer nach dem anderen, wurden ihm alle Steine weggenommen; er brauchte nur zuzusehen und hatte nichts dabei zu tun. Es war wie eine Art Zubettegehen. Die Steine waren die Kleidungsstücke, und mit dem allerletzten, das ihm fortgenommen ward, wurde das Licht ausgeblasen, und keiner konnte ihm mehr etwas anhaben. Frau Elisabeth rüttelte ihn zuweilen aus seiner Trägheit und munterte ihn auf, nachzudenken und nicht blind einen Zug zu tun, da nun einmal einer getan werden müsse.

Er wurde dann für einen Augenblick lebhafter, sah auch manchmal eine unmittelbare Gefahr, überschaute aber nie das Ganze und fiel alsbald in seine stumm zuschauende Ruhe zurück. Wenn aber sein Vater dazukam, war es nichts mehr mit dem gemächlichen Ausziehen und Zubettegehen, sondern dann wurden ihm Stück für Stück die Kleider vom Leibe gerissen, und endlich stand er nackt und frierend in einer Öde. Und der Justizrat verlängerte gar noch die Qual, indem er ihm diesen und jenen Ausweg zeigte, den er aber sogleich verbaute, nachdem sich Thomas ihn in blinder Angst geschaffen. Dann erklärte er sich für besiegt, noch ehe er es wirklich war; sein Vater aber schalt, regte ihn zu neuem Denken an und trieb ihn vorwärts auf der Bahn, die er doch niemals bis zum Ende gehen konnte. – »Nur so kann der Junge etwas lernen! Wenn er aber von selbst sofort auf jeden Gewinn verzichtet und alles dem anderen zuschiebt, wie soll er da im späteren Leben vorwärtskommen?!« –

Ursula war im Spiel das Gegenteil von Thomas. Ihre Augen, die sonst halb lustig, halb pfiffig blickten, zeigten einen angestrengten, ernsten Ausdruck, der durch zwei Falten inmitten ihrer niedrigen, breiten Stirn noch erhöht ward, und die Flügel ihrer untersetzten, kurzen Nase einen harten Willen; nur ihr Mund blieb in ewiger Beweglichkeit. – Dieser Mund war beinah formlos; die Natur hatte ihn nicht mit Liebe gebildet und ihn, nach mehrfachen Versuchen, unvollendet gelassen, da er von vornherein falsch angelegt war. Thomas betrachtete ihn zuweilen versunken, wenn jemand zu ihr sprach, und wunderte sich, wenn die schmalen Lippen, anfangs geschlossen, plötzlich Leben gewannen, leise zu schwellen schienen, breiter wurden und sich mit einem Male trennten mit fast sichtbarem Geräusch. Und häßlich fand er es, wenn ihre Oberlippe sich in Verlegenheit seitwärts hinaufschob, als wolle sie davonkriechen wie eine Schnecke.

Mit Ursula zu spielen machte dem Justizrat Freude, und ihr letztes Mittel, die Niederlage von sich abzuwenden, erheiterte ihn jedesmal: Sie fuhr mit beiden Händen auf das Schlachtfeld, verwirrte es bis zur Unkenntlichkeit, behauptete, das Spiel gelte nicht, und schlug ein neues vor. – Ausdauer hatte sie nicht viel, das Ziel sollte sogleich erreicht sein. Schuhbänder zerriß sie, wenn sie sich nicht sofort lösen wollten, und den Samen, den sie in ihrem kleinen Gärtchen säte, grub sie gleich am zweiten Tage wieder aus, um nachzusehen, ob er noch nicht keime; nach ein paar weiteren Tagen säte sie frische Körner über ihn, die dann auch nicht gleich in die Höhe schießen wollten; darauf vergaß sie das Ganze und war sehr erstaunt, wenn sie eines Tages alles wild durcheinandersprießen sah. Das nahm sie dann wieder übel und stampfte das Ganze mit den Füßen ein. –

Dieses Gärtchen lag an der hintersten Mauer mit den eisernen Ringen und war in seinem Grundgedanken eine Schöpfung Frau Elisabeths, die sich bemühte, für Thomas schöne und dauernde Beschäftigung zu finden. Und sie war froh, daß er sich ihm wirklich mit Fleiß und Ausdauer widmete. Sie erzählte, sie habe einst als Kind zu Haus ein ähnliches gehabt, und sagte, dieses solle nun wieder so werden wie ihres damals. Thomas fand das selbstverständlich, Ursula aber fragte: »Warum willst du denn alles wieder genau so haben wie früher? Ist dir das nicht langweilig?« Ihr selbst war dieser ganze Gartenbau übrigens unter allen Umständen langweilig, sie überließ die Sorge alsbald gänzlich ihrem Bruder, den sie sehr lobte, wenn sie alles in Ordnung fand. –

Einmal stieß Thomas beim Graben auf eine schillernd blinde Scherbe. Er mußte an das alte Bild denken, das hoch über seinem Bette hing, das so geheimnisvoll erschien, weil man nicht sicher wußte, was hinter dem trüben Glase war. – Ob diese Scherbe wohl auch zu dem Haus gehörte, ob sie einst vielleicht an einem Fenster war, vor vielen hundert Jahren?! – Er hielt sie vors Auge – da lag der Garten in fahlem, halb verloschenem Licht. Unklare, dämmernde Gefühle stiegen in ihm auf. Er vergrub sie wieder, merkte sich den Platz und holte sie hervor, wenn er allein war. Dann hielt er sie wieder lange vor das Auge und blickte traumvoll in den Garten, auf das Haus. –

Während Ursula sich nicht viel um das Gärtchen kümmerte, war sie es, die an den neuen Geräten turnte, die Frau Elisabeth für Thomas hatte machen lassen. Ihm waren sie ein Greuel. Mit Abneigung sah er, wie das Erdreich aufgerissen ward und neue, gehobelte Balken hineingepflanzt wurden. Als aber jemand mit einem Beil kam und der erste Hieb gegen einen Baum erklang, lief er hinauf zu seiner Mutter. – »Dann kannst du keine Schaukel haben.« – Er sagte heftig, daß er keine Schaukel wolle.

Ursula, die schon das Turnen aus der Schule kannte, ließ sich genau nach ihren Angaben ein dunkles Trikotkostüm schneidern, mit Knabenhosen, die bis herab zu den Knöcheln schlossen. Überraschend war es, sie nun turnen zu sehen. Ihre Glieder, nicht ungelenk, aber sonst nur durch ihre Eckigkeit auffallend, waren schön in ihrer bewegten Gesamtheit; sie selbst nicht mehr ein Mensch, der auf der Erde geht, sondern ein Wesen unnennbaren Geschlechts, das da plötzlich, niemand weiß woher, sich ohne Flügel niederließ auf eine schwanke Stange, in sonderbaren Bogen schwingt, fast seelenlos erscheint in seiner Beweglichkeit und im nächsten Augenblick vielleicht in nichts zerknallen wird. Ihr Körper war wie gefühllos; ihre Augen sahen überhaupt nichts mehr und waren wie aus Glas. – Plötzlich, wenn es gar niemand mehr vermutete, sprang sie herab, strich sich die heißen Locken aus der Stirn und sagte mit trockener, mürrischer Stimme, sie sei müde. – Stricke und Stangen gab es auch, an denen sie emporklomm wie ein Matrose. Oben angelangt, schwang sie sich auf den schmalen Balken, richtete sich gerade auf und lief, ohne sich einen Augenblick zu besinnen, mit schnellen und ganz kleinen Schritten, die Arme waagrecht ausgebreitet, bis zu dem äußersten Ende, kauerte sich nieder, ließ sich scheinbar in die Tiefe fallen, erwischte aber in der Luft ein anderes Tau, und ihre Bewegungen glichen nun denen der Spinne, die sich am eigenen Faden schnell zur Erde läßt. – Thomas bestaunte sie; die Turngeräte selbst aber sah er nach wie vor mit innerem Groll an, diese Vorrichtungen, wie sie der Zimmermann genannt hatte, ein Wort, das ihm unsagbar schrecklich klang. Anspruchsvoll und zudringlich erhob sich das Reck, und der Barren mit seinen vier kurzen Beinen starrte wie ein dummes Tier. Unwillkürlich stellte er sich vor, wie er plötzlich in schnellem Trabe durch den Garten stelzte. Da mochte er ihn beinah lieber.

Zuweilen wenn er allein war, kletterte er auf der Leiter bis zu dem waagrechten Balken, auf dem er aber nicht zu gehen sich getraute. Halb lag, halb saß er auf ihm und sah in die Tiefe. Fremd und ungewohnt war es hier oben, anders als auf seinem Baumplatz, obgleich der viel höher war. Und doch schien die Erde hier viel tiefer unten zu liegen, und die Luft dazwischen war wie Glas. Und je länger er auf sie niedersah, um so stärker schien ihn irgend etwas zu ihr herabzuziehen. Er bog den Oberkörper vor, ein sanfter Schauer durchrieselte ihn, schön und schrecklich zugleich, und eine unsichtbare kühle Hand strich hoch über ihn hinweg. Es erfaßte ihn eine plötzliche Angst, eilig kletterte er herab, und dann war es jedesmal, als stände jemand unten und reiche ihm die Hand. –

So lebte er träumerisch dahin und wuchs aus einer Jahreszeit in die andere. Mit dem Schwinden jeder einzelnen fühlte er dunkel die langsamen Enttäuschungen des Lebens. Und doch hing er wieder an jeder Jahreszeit für sich, dann, wenn sie sich nicht mehr ableugnen ließ, wenn die schlimmen, trostlosen Übergänge vorüber waren und das Haus, der Garten unerschütterlich und sicher dastanden in ihrer veränderten Gestalt, die ihm bald zur gewohnten wurde. Und doch war ihm zuweilen dumpf zumute, als führe er ein fremdes Leben. So war es im Herbst, wenn die Blätter von den Bäumen fielen, die kalten Winde rauschten, wenn er große Haufen Laubes zusammenkehrte, die unter seinem Besen klapperten. Lange Vogelzüge strichen hoch am klaren Himmel hin, und mitten in seiner scheinbaren Lustigkeit ward er plötzlich ernst; und wenn im Winter Haus und Garten ewig weiß gefärbt dalagen und die schwarzen Raben sich krächzend auf den kahlen Wipfeln wiegten, wenn der Tag sich nicht mehr hellte und ewig ein schwarzes Dunkel unter den verschneiten Dachrinnen lag, wenn aus dem verhängten Himmel tage- und tagelang lautlos die Flocken fielen – dann war ihm oft zum Weinen traurig. Und doch lag in dieser Stimmung etwas, daß er wünschte, es möchte *noch* düsterer werden, die Schneemassen noch höher und alles noch entsetzlicher. Unbeweglich saß er im hintersten Winkel des Wohnzimmers auf dem Torfkasten und sah zu, wie in dem Ofen die dicken glühenden Funken in die Asche fielen, wie sie allmählich von innen her schwarz zu werden schienen und unerbittlich verglommen.

Weihnachten lag in dieser Zeit, eine warme Insel, ein geheimnisvolles Schloß auf hohem Berge, ein Ziel, das man lange, lange vor sich sieht, zu dem man, absteigend, lange zurückblickt. Oft sah Thomas sinnend empor zur Spitze des dickichtdunklen, hohen Tannenbaumes, der fast die Decke des Saales erreichte, auf jene schimmernde Gestalt, die ihn mit Sehnsucht füllte. Und das Gefühl des Alleinseins legte sich deutlicher auf ihn.

Mit der Jahreswende schien eine andere Stimmung in die Welt zu kommen. Zwar war es noch immer kalt und düster, aber man hatte doch nun das Bewußtsein, daß es wieder warm wurde. – Das »Jahr« erschien ihm wie ein Gang mit vielen Zimmern, die die Monate waren, und er dachte dabei an den ihm bekannten langen Gang im eigenen Hause. Die Sommermonate waren die Stuben, die die meiste Sonne hatten, und die Wintermonate die dunklen, die teilweise nach Norden lagen und die er sich dann unwillkürlich ohne Gardinen vorstellte. – Schrecklich aber war der eigentliche Übergang vom alten zum neuen Jahre, trostlos der erste Januar: Die Wintertage hatten doch bis dahin wenigstens dem Jahr gehört, in dem es einen Sommer und einen Frühling gab, ähnlich einem Tage, der nach Glanz und Wärme in den Abendstunden kühl und kalt wird, aber dessen schöne Stunden doch noch nachwirken in der Erinnerung und ein heimliches Gefühl von Warmsein hinterlassen; aber nun war es mit einem Male, als käme man aus seinem Bett und solle sich in eiskalte neue Wäsche kleiden. – Das neue Jahr begann eigentlich zweimal: Des Nachts, wo man es nur glaubte, und des Morgens, wo man es wirklich fühlte. Dieser Neujahrstag schien der stillste und schrecklichste des ganzen Jahres. Die Läden waren geschlossen, die Menschen auf den Straßen, in winterliche Kleidung gepackt, mit schwarzen Gesangbüchern in den Händen, zogen still den Weg zur Kirche, und trafen sie mit anderen zusammen, so gab es plötzlich Händeschütteln und laute Begrüßung. Die Welt erschien ganz leer und wie gespenstisch. – Aber bald söhnte er sich aus mit dem neuen Jahr, das er widerwillig über sich ergehen ließ und als einen Feind des alten empfand. Mit langsamen Schritten ging es nun in eine bessere Zeit hinein. Zwar gab es noch immer viele bittere Enttäuschungen, wenn auf die ersten lauen Sonnentage wieder strenge Kälte folgte, aber man wußte doch die schöne Zukunft. Der Schlaf, in den das Haus, der Garten versenkt war, löste sich, die Dächer tropften und funkelten in der Sonne, das starre Weiß verschwand, die letzten Schneeflocken zerschmolzen, dunkel und neu erschien das Erdreich. – Und brach erst der März an, so fühlte Thomas sich gesichert. Täglich lief er nun in den aufgeweichten Garten, sah die jungen Knospen an den Bäumen größer werden, und endlich brach er das erste Veilchen.

Dann kamen die Frühlingsstürme. Schneeweiße Wolken jagten über den blauen Himmel, Regengüsse wechselten mit Sonnenschein, breite Licht- und Schattenmassen liefen über die Dächer des Hauses. Der Schall des Wächterhornes, das droben auf dem Turm die Viertelstunden ansagte, ward dann kaum gehört; denn dort oben war noch mehr Wind als hier unten. Klar und beinah schwarz ragte das alte Steinwerk in den Himmel. – Thomas wußte eine Stelle des Hauses, von dort konnte man durch den Turm hindurchsehen. In seiner unteren Höhe war ein ungeheures, kunstvoll durchbrochenes Rund, hinter dem das Innere ganz schwarz erschien. Dieser Turm war sehr geheimnisvoll; einmal wegen des

Durchblickes, den man nur von einer einzigen Stelle des Hauses aus gewahrte und von der nur Thomas wußte; dann aber auch wegen der Horntöne, die von seiner Höhe kamen, so kurz, daß sie oft nur wie ein Punkt klangen. An diese Töne war er von allerfrühester Kindheit an gewöhnt. Sie waren ihm so selbstverständlich, daß er gar nicht darüber nachdachte, wie sie entstanden. Einmal aber blickte er, in Nachdenken versunken, zum Turm hinauf, und da sah er, wie gerade jene Stelle, die er betrachtete, lebendig wurde: Ein ganz kleines Fensterchen schien sich zu öffnen, etwas Winziges Bewegtes erschien darin, der bekannte Ruf ertönte, und dann war alles schnell wieder genau wie vorher.

Zuweilen aber wurden diese Töne unheimlich und langgezogen, stetig wiederholt und drohend; und dann wußte man: Es war Feuer in der Stadt. Nachts streckte sich dazu noch eine Fackel waagrecht in das Dunkel, die Richtung weisend.

Gewöhnlich aber glomm, wenn er zu Bette ging, dort oben nur ein Funke, und von dem Turme selbst sah man fast nichts. Dann malte er sich aus, wie heimlich dem Türmer zumute sein müsse in dem Raume, den er sich nicht größer vorstellte als einen großen runden Tisch, und wie er die dicke kleine Tür verriegelt habe gegen die Gespenster, die von der Treppe aus zu ihm herein wollten. Ursula meinte, wenn es überhaupt Gespenster gäbe, so könnten sie doch einfach zu ihm hereingeflogen kommen, wenn er das Fenster öffnete zum Blasen. Thomas war darüber sehr erstaunt, denn bislang hatte er stets geglaubt, Gespenster gäbe es überhaupt nicht im Freien. – Und wenn nun in schweren Frühlingsnächten der Himmel krachte, dann schlich er sich erwacht, zum Fenster, hob den Vorhang und sah hinauf zum trüben Lichtchen in der Finsternis, bis sie sich blendend hellte und der Turm für einen Augenblick traumhaft und wirklich als ein riesiger Schatten ragte. Aber ehe er die flatternden Gespenster in der Höhe sehen konnte, lag schon wieder schwarzes Dunkel vor seinen Augen, daß er auch das Licht nicht mehr erkannte – bis es mählich wieder aus dem Nichts zu glühen begann. Und am nächsten Morgen, wenn der Himmel wieder blau und leuchtend über dem glühenden Garten lag, und der alte Turm so zuversichtlich fest und sicher stand wie immer, dann erschien ihm sein ganzes Nachterlebnis wie ein Traum. –

Die Kirschen reiften, und der Flieder blühte, die Fenster des Hauses waren weit geöffnet, warme Düfte schlugen in die Zimmer. Der Juni war gekommen, er war es, den Thomas ersehnte. In einem alten Kalender hatte er ihn dargestellt gesehen als einen Knaben, der ihm mit lieblichem Gesicht die schönsten Blumen bot.

3.

Thomas ging zur Schule. Schon lange sah er den Tag voraus, mit Freude und mit Angst. Schimmernde Gestalten schwebten ihm vor der Seele, Gestalten, deren er nicht würdig war und die ihn dennoch aufnehmen würden in ihren Kreis. – Nun sah er sie in Wirklichkeit, seine Kameraden, die Schüler der Volksschule mit ihren blassen Gesichtern und dem von Pomade glänzenden Haar, und er stand da in einem bösen Traum. Sein Lehrer war ein untersetzter, breitbärtiger blonder Mann mit einer Brille; er hieß Herr Matthes. Er führte ihn hinein ins Schulzimmer; während der Stunde hielt sich Thomas oft heimlich die Nase zu. – In der ersten Pause sah er seine Mitschüler etwas genauer an; aber seine große Enttäuschung blieb. Mit Gleichgültigkeit oder Unwillen blickte er von einem zum anderen, unerfüllt gingen seine Augen weiter. Niedergeschlagen, mit einem öden Gefühl im Herzen kam er endlich heim, wie nach einer langen, fruchtlosen Reise. Frau Elisabeth kleidete ihn sogleich um, denn er hatte, ohne es zu wissen, jenen Geruch mit sich nach Haus getragen, der ihm selbst so peinlich war. Nachdem er es nun wußte, ging er am Nachmittag mehrmals zu seinem gelüfteten Anzug und hielt die Nase an den Stoff, mit Widerwillen und doch mit Neugier, und dann hörte er wieder die einstimmige Geigenmelodie, zu der sie gesungen hatten, ein geistliches Lied, in dem etwas von »Huld« vorkam, ein Wort, das ihm ebenso klang, wie die Pomade roch. Er glaubte, Herr Matthes habe dieses Lied gemacht. – Thomas hatte ein besonderes Gefühl, das ihn mit dem Klang von Wörtern verband. Manche wollten durchaus nicht über seine Lippen. So war er nicht zu bewegen, ein Sprüchlein über den Herren Zebaoth zu sprechen, und log, er habe vergessen, es zu lernen. Da mußte er es zehnmal für die nächste Stunde niederschreiben und war froh, so leicht davonzukommen. Dafür murmelte er jenes Wort heimlich für sich allein, aber selbst dann wollte es nicht recht über seine Lippen: Ein fremder eleganter Herr von mittleren Jahren, im hellen Paletot, mit dem faden Geruch von rohem Hirschfleisch – so war für ihn Herr Zebaoth. Aber noch etwas anderes, kaum halb Gedachtes kam hinzu: Er stand in besonderer Beziehung zu Herrn Matthes; – irgend etwas aber – was er selbst nicht wußte – trennte ihn von seinem Lehrer: das dunkle Gefühl gesellschaftlicher Überlegenheit. – Die Lesebücher, die nun für die neue Schule gekauft wurden, gefielen ihm nicht; eine andere Luft wehte aus ihnen als aus den romantischen Märchenbüchern, die ihm seine Mutter vorlas. –

Wort für Wort, Silbe für Silbe, Buchstabe für Buchstabe wurden diese Geschichten in der Schule gelesen und wohl gar noch abgeschrieben, so daß man sie am Schluß auswendig wußte, ohne sie gelernt zu haben. Unermüdlich war Herr Matthes; seine Stimme durchdrang alle übrigen, wenn sie ihm Chore lasen; Schweißtropfen standen oft auf seiner Stirne, ohne daß er sie entfernte, und Thomas verfolgte einen solchen manchmal in seinem Wachstum, wie er allmählich niederrann, sich mit anderen verband und schließlich mit unerwarteter Geschwindigkeit hinter dem Kragenrand am Halse hinunterlief. Übrigens hatte ihn Herrn Matthes gern. Der Justizrat hatte einst einen kleinen Prozeß für seine Familie gewonnen; aber davon wußte Thomas nichts. –

Über einen anderen Lehrer hegte er besondere Vermutungen. Er hatte ganz engalliegende Ohren, eine sehr zurückgehende, flach-gerundete Stirn, die mit der kurzen Nase in eine Linie überging, einen winzigen vorgebauten Mund mit dicken Lippen und langen Schnurrhaaren, und rundlich schweifte die Linie unter ihm zum Hals zurück, ohne ein Kinn angemerkt zu haben. Dieses, und die blanken aufmerksamen Augen, die mit Stirn und Backen fast auf einer Rundung lagen, ließen Thomas an einen Hasen denken. Und da er sah, daß es kein Hase, sondern nur ein Lehrer war, so glaubte er, er sei verzaubert. – Oft sah er nachdenklich hinüber, wenn Herr Hentschel auf dem Katheder saß, sich putzte, sein Bärtchen drehte und sich dann die Finger leckte, oder wenn er in der Pause mit eifrigen Augen an einem Butterbrötchen nagte. Und während der Rechenstunden dachte er sich oft die phantastischsten Geschichten aus: Ob wohl seine Frau auch so aussähe wie er selbst, ob seine Kinder wohl auch schon kleine Bärtchen hätten; er sah ein ganzes Nest voll kleiner Menschenhasen auf dem Fußboden in einem winzigen ganz leeren Zimmer, da ging die Türe auf, und eine Frau trat herein mit einem wirklichen Hasenkopf und langen Ohren. Herr Hentschel nannte ihn den »Träumer«. Einmal, als Thomas gerade wieder über ihn nachdachte, überhörte er eine Frage und erwiderte endlich etwas ganz Zusammenhangloses, was er erst bemerkte, als er endlich emporsah, nun voller Schrecken. Denn Herr Hentschel war ganz rot im Gesicht, die Augen quollen ihm glänzend beinah aus dem Kopfe, die Backen waren aufgeblasen, und nun brach sein Gelächter schallend los. Und die ganze Klasse lachte mit. Von dem Augenblick waren Thomas' Phantasien wie mit einem Besen weggefegt, in seine Gedanken war ein Keil getrieben. Und fortan war ihm Herr Hentschel ein Mensch wie jeder andere. –

Immer und immer wieder, wenn Thomas zur Schule ging, glaubte er, es müsse ihm etwas Schönes begegnen. Wieder und wieder irrten seine Augen suchend durch die Reihen der Schulbänke. Scheu sah er mitten in der Stunde um sich herum und überflog die Gesichter bis zur obersten Bank hinauf, wo sein Blick beim ersten Klassenplatze endete. Dort saß der Fleißigste der Klasse, der eine schwarze Samtjacke trug, Alexander, der Sohn eines rührigen Geschäftsmannes. Er wurde den anderen als ein Vorbild vorgehalten und sah mit gefalteten Händen unausgesetzt zur Tafel oder zu dem Lehrer. Thomas betrachtete ihn mit Scheu. Langsam aber trug seine Sehnsucht andere Züge in das Bild. Er fing an, sich öfter nach ihm umzusehen, zunächst, um sich nach seiner Haltung, die stets dieselbe blieb, zu richten, dann aber, um sein Gesicht zu sehen, das mit einem guten, aufmerksamen Ausdruck in die Ferne sah; und schließlich in der Hoffnung, der Knabe werde, abgelenkt vom Lehrer, doch einmal wo anders und vielleicht durch Zufall gar zu ihm herüberblicken. Das geschah aber niemals, und sich herumzudrehen wagte Thomas schließlich auch nicht mehr, seitdem er einmal in solchem Augenblick einen warmen und feuchten Tabakdunst um sich verspürte, und im nächsten, zu Tode erschrocken, das Gesicht des Herrn Matthes dicht vor dem seinen sah. Um so heimlicher wurde seine Verehrung, um so größer der Wunsch, ihn kennen zu lernen, als Alexander ihn überhaupt nicht zu beachten schien. – Er führte vor der Stunde vorn vor der Klassentafel die Aufsicht. Seine guten blauen Augen gingen hierhin und dahin, und mit dringlicher Stimme rief er bald diesen, bald jenen zur Ordnung, denn es war ihm entsetzlich, seine Kameraden anzuzeigen, ohne daß er wußte, wie er jenem Amt entrinnen könne, denn sein Fleiß war untrennbar mit ihm verbunden. – Wenn er mich doch einmal aufschriebe! dachte Thomas. Und er bewirkte es in der Tat durch angespannte Ungezogenheit, während ihm wirbelig zumute war. Dicht vor der Katastrophe schwankte er noch einmal, aber es kam ihm als ein feiger Treubruch vor, wenn er die Waffe, die er scheinbar gegen, in Wirklichkeit aber für jenen und gegen sich selbst gerichtet hatte, wieder sinken ließ. – So entstand sein Name langsam, Buchstabe für Buchstabe, in regelmäßig geformter weißer Schrift wie auf einem dunklen Grabstein; Herr Matthes bestellte ihn nach der Stunde zu sich, hielt ihm sein sträfliches Gebaren vor und bemühte sich, den Grund herauszufinden. Aber Thomas schwieg. Ein wenig unschlüssig blickte ihn Herr Matthes an, dann sagte er plötzlich, indem er seine Knie freundlich um Thomas' Beine klemmte: »Ich müßte dich jetzt strafen, wenn du nicht einen Vater hättest, den ich in Dankbarkeit verehre, und wenn ich nicht außerdem sähe, wie sehr dich dein Benehmen reut!« – Er sah aufmunternd auf Thomas, daß er etwas entgegnen solle, aber Thomas dachte jetzt überhaupt nur noch: Wenn er doch seine Knie forttun wollte! – Halb froh und halb beschämt trat er aus dem Dunstkreis seines Lehrers in die Freiheit zurück.

Klar und einfach hatte Alexander den Fall erzählt, wie er und alle anderen ihn gesehen hatten. Thomas fühlte sich gedemütigt, zurückgeworfen. Wenn er wieder vorne an der Tafel stand, vermied er es, ihn anzusehen. Er empfand sogar eine leise Bitterkeit gegen ihn. Zu Hause aber, im Garten, war das alles verflogen: Da malte er sich aus, wie Alexander über die sonnige Rasenfläche auf ihn zuschritt, wie er ihm die Hand bot, und wie sie eigentlich schon seit langem Freunde wären. – Zuweilen, wenn er ihn morgens in der Schule wiedersah, wunderte er sich über sein Gesicht, das ihm anders in der Erinnerung war, ohne daß er doch zu sagen wußte, woran das lag.

»Nun, hast du noch keinen Freund gefunden?« fragte der Justizrat. – Er errötete und gab keine Antwort.

Einmal beteiligte er sich bei einem Rundspiele, da die anderen es durchaus so wollten. Alexander machte dergleichen niemals mit, und er streifte Thomas, den er noch nie so freundschaftlich mit seinen Mitschülern hatte umgehen sehen, mit einem erstaunten Blicke, so daß er sogleich die Hand, die er gefaßt hielt, losließ und bis zum äußersten Ende des Hofes ging.

Er wußte nun, es bestehe zwischen ihnen beiden ein verschwiegenes Einverständnis.

Morgen spreche ich mit ihm! so dachte er am Abend. Aber er tat es nicht, ja am anderen Morgen war ihm Alexander plötzlich fremd, fast feindlich. Freilich war diese Empfindung kaum von der Dauer eines Blitzes.

So lebte er in Träumerei und Sehnsucht, immer allein und niemals einsam.

Seine Mitschüler liebten ihn nicht sehr, da er sich von ihnen zurückgezogen hielt; sprach er zu einem, so war es, als rede er ihn zum ersten Male an. Zu Hause dachte er manchmal fast mit Angst an sie, es kostete ihn jedesmal eine Überwindung, die Klasse zu betreten, so wie ein Kind den einzelnen Baum mit Ruhe ansieht, vor dem ganzen Walde aber in Furcht gerät.

Einmal machte er eine nähere Bekanntschaft, die er aber bald wieder abbrach und die in ihm ein Gefühl der Scham zurückließ.

Es war ein blasser Junge mit sanften Tieraugen und rötlichem Lockenhaar, der Sohn eines armen Schuhmachers, der sich ihm einmal zufällig auf dem Nachhauseweg anschloß und dann regelmäßig auf ihn wartete. Er erzählte ihm von den Kaninchen, die er zu Hause habe, und dieser Kaninchen halber ließ sich Thomas einmal bewegen, ihn nach Haus zu begleiten. In dem engen Hinterhofe mit dem unbestimmbaren Geruche ward ihm ganz beklommen zu Sinn. – »Du müßtest einen schönen großen Stall haben«, sagte er, »und nicht hier draußen auf dem Hofe!« indem er unwillkürlich an den weiten Garten zu Hause dachte. Und ohne es zu wollen, fing er an zu erzählen, von dem hohen Spiegelsaale mit dem eingelegten Fußboden, von dem Zimmer, das man nur durch das Schlüsselloch betrachten konnte; es war ganz aus roter Seide, und wenn die Sonne darauf schien, so war es, als brannte es. – Aber dann kam er aus seinem Traum zu sich und verstummte, mit einem halb wirklichen, halb noch verlorenen Blick auf seinen Kameraden. –

Aus der Tür hinter ihnen schlug ein ärmlicher Essendunst; die Mutter rief ihn, sie traten in das Haus zurück, und Thomas sah im Durchgehen einen nackten Holztisch mit einer runden Schüssel wie ein Waschbecken, in der dampfende, unkenntliche Dinge lagen.

Er erzählte in sagenhaftem Tone seiner Mutter von diesen Menschen, und Frau Elisabeth wollte die Anzüge, die Thomas nicht mehr trage, zusammenpacken lassen und hinüberschicken zu den armen Leuten. Aber Thomas wollte das auf keinen Fall.

»Bring ihn doch einmal mit zu uns! Wenn es ein netter Junge ist, so kannst du doch mit ihm verkehren!« sagte Frau Elisabeth, gegen ihr inneres Gefühl. Aber sie wollte in ihrem Sohne Nächstenliebe und Bescheidenheit ausbilden, und hier schien ein guter Anlaß, zumal er von ihm selbst ausging. Das war ja, nach den Worten ihres Mannes, das Gute an der Volksschule, daß der Unterschied der Stände schwand und den Knaben eine Grundlage gegeben ward zum späteren Zusammenwirken als Menschen unter Menschen.

Thomas antwortete ihr nicht, heftete aber einen so fremden und besonderen Blick auf sie, daß sie nichts weiter sagte und ihn ein wenig unsicher ansah.

In den Schulpausen mit jenem Knaben zu sprechen, gelegentlich mit ihm zu gehen, hierin lag nichts Schlimmes; aber daß er in sein eigenes Haus kommen, an seinem Tische sitzen solle, der Gedanke empörte ihn beinah.

Beim nächsten Wiedersehen erschien ihm der bescheidene Junge, der niemals auch nur auf den Gedanken gekommen wäre, er könne Thomas' Haus betreten, fremd und fast zudringlich. Er zog sich zurück von ihm; zudem erfuhr er, daß die Kaninchen zum Verkaufe aufgezogen würden. Aber auch sein letztes Gefühl der Freundschaft war verwischt, wie fortgeblasen, als ihn in den nächsten Tagen ein Mitschüler fragte, ob es wahr sei, daß in seinem Hause große dunkle Säle seien mit Säulen darin. Andere kamen hinzu und horchten mit offenem Munde. Thomas errötete und sagte ohne Besinnen, das sei nicht wahr, das sei gelogen, und als sie ihm vorhielten, er selbst habe ja dem Schusterssohn davon erzählt, beteuerte er heftig, er habe das alles nur aus Scherz gesagt. Mit Angst überlegte er nun, was er dem Jungen alles in Wirklichkeit mitteilte, und was dieser noch verraten könne. Vor ihm schwebten die Räume des alten Hauses, an keinen dachte er besonders, pfeilartig schossen seine Gedanken durch den einen, durch den anderen, sie suchten etwas, ohne es zu finden.

Er brach den Verkehr nun ganz ab und sah zur Seite, wenn ihn der frühere Freund mit großen traurigen, nicht verstehenden Augen aus der Ferne ansah.

Die leichte Trübung, die dies Erlebnis in ihm hinterließ, ward bald verwischt, verdunkelt durch ein anderes, das, zufällig und kindisch in seinem Anlaß, ins Riesengroße wuchs und ihn endlich umhertrieb wie einen vom Dämon Gemarterten.

Eines Tages – es war nach Schluß der Schule, die meisten hatten die Klasse schon verlassen, und Thomas erhob sich gerade von seinem Sitz und sah, wie er gewohnt war, nach dem ersten Platz hinauf – da winkte ihm Alexander, zu ihm heraufzukommen. Das Herz stand ihm fast still. – Alexander hatte schon lange bemerkt, daß Thomas ihn besonders ansah; den Ärger vor der Tafel hatte er längst vergessen, und da Thomas keine Anstalten machte, ihn kennen zu lernen, so suchte er nun unbefangen die Bekanntschaft einzuleiten, denn Thomas dünkte ihm angenehmer als seine übrigen Kameraden.

Thomas stand noch immer unbeweglich.

Da trat ein Mitschüler auf ihn zu und bat ihn, er möge ihm für einen Augenblick seinen schönen Federhalter aus Achat leihen, den Thomas in der Hand hielt. Verwirrt blickte er zu ihm hin und sah in ein Gesicht, das ihm das gräßlichste war von allen.

Es war ein Knabe, zu dem er niemals sprach, den er stets mit geheimem Abscheu betrachtete. Er hatte ein wenig entzündete Augen, schopfartig an der Stirn überhängendes, mit Wasser strähnig gekämmtes Haar, blaurot angelaufene Backen, bei denen Thomas an rohes Fleisch denken mußte, war einige Jahre älter als die meisten anderen, und sein Name erschien ihm fast schlimmer als alles übrige. Kam er notgedrungen mit ihm in Berührung, so behandelte er ihn unbewußt geradezu nichtswürdig, mit unverstelltem leisen Ekel.

Verwirrt verstand Thomas jetzt nicht gleich die Frage. – Er wiederholte sie mit einem gedeckten Blick aus seinen unklaren Augen. – Thomas wollte ohne ein Wort der Entgegnung entweichen, zu Alexander hinauf, der schon hinausging und ihm nun mit einem Male altvertraut erschien, da ward er an der Jacke festgehalten: »Gibst du mir den Halter nicht, dann zeige ich dich an! Ich habe etwas gesehen.« – »Was hast du denn gesehen?« fragte Thomas unwirsch, von oben herab. Der andere schwieg einen Augenblick, während Thomas unruhig wurde, dann sagte er: »Ich habe gesehen, wie du gestern auf der Straße Herrn Matthes die Zunge ausgestreckt hast. Wenn ich das anzeige, dann bekommst du Schläge mit dem Stock, das brauche ich dir wohl nicht zu sagen.«

Thomas lief das Blut zu Herzen. – »Also nimm, schnell, schreib«, sagte er endlich.

Am vergangenen Tag ging er hinter Herrn Matthes her, und während er so ging, dachte er, wie sonderbar das eigentlich sei, daß der da so ahnungslos vorausschritt, während er selbst hinter ihm war. Da machte er hinter seinem Rücken jene Fratze, er wußte selber nicht weshalb. Da nicht das geringste daraufhin geschah, machte er sie gleich noch einmal.

»Bist du fertig?« fragte er drängend und streckte die Hand aus. Der andere schob den Federhalter ruhig in seine Tasche, hob den Kopf und verzog den Mund zu einem breiten, lautlosen Lachen. Jetzt erst begriff ihn Thomas. Im ersten Augenblick wortlos, tat er, von innerem Schamgefühl getrieben, als sei das Geschenk von Anfang an verabredet gewesen, und setzte von oben herab hinzu: »An dem Federhalter liegt mir gar nichts.«

Damit war für ihn alles abgetan, und er lief hinaus, Alexander noch zu sehen, aber er fand ihn nicht mehr.

Am nächsten Morgen hatte er die Sache fast vergessen. In der Pause aber kam jener Mitschüler wieder auf ihn zu und wich nicht von seiner Seite. Alexander stand wie gewöhnlich in einer Ecke des Schulhofes, allein, verzehrte sein Brötchen, und Thomas machte verzweifelte Anstrengungen, von ihm nicht gesehen zu werden. – »Was willst du denn von mir?« fragte er endlich heftig, indem er stehen blieb. – Wieder zog er seinen Mund in die Breite. – »Ich kann doch mit dir spazierengehen«, sagte er bedächtig, und nach einer Pause fügte er hinzu: »Du, schenk mir deinen schönen Bleistift.« – Thomas wurde blaß. »Auf keinen Fall«, sagte er fest und bestimmt. – »Dann sage ich es.« – Sie redeten hin und her, endlich zog Thomas den Stift aus der Tasche und warf ihn ihm vor die Füße. – »So gibt man ein Geschenk nicht, heb ihn auf, sonst sage ich es.« – Glühend vor Scham mußte er sich bücken, da half nichts; die Vorstellung, daß er in der Klasse vor allen Schülern, vor Alexander mit dem Stock geschlagen wurde, war stärker als alles andere. In Abständen, die kleiner und kleiner wurden, ward er nun um dieses und jenes gebeten, und als täglichen Tribut mußte er endlich außerdem noch Schinken und Wurst, die ihm die sorgliche Frau Elisabeth aufs Brot tat, bis auf das letzte Stückchen abliefern.

Das alles ging noch hin; aber das schlimmste war, daß sein Feind vor den anderen so tat, als seien sie eng befreundet. Er wartete in den Pausen vor der Tür auf ihn, hakte seinen Arm in Thomas' Arm, nahm ihn in Schutz vor anderen, wo es gar nicht einmal nötig war, sicherte ihm das beste Plätzchen, wenn es galt, einem Jungensringkampf zuzuschauen, und war überhaupt diensteifriger wie ein Untergebener.

Thomas suchte sich im Gewühl mit anderen durch die Tür zu drängen oder blieb auf seinem Platze sitzen; es half alles nichts. – »Was hast du denn gegen mich? Bin ich dir nicht gut genug? Tue ich nicht alles, was du willst?«

Thomas ging wie in einem bösen Traum umher. Alexander war nun schimmernder denn je, unerreichbarer; wie ein Prinz schaute er von ferne fremd und verwundert auf das Paar, das unzertrennlich schien. Thomas litt die ärgsten Qualen.

Die Forderungen nahmen an Bedeutung zu. Mit Ungeduld drängte ihn sein Feind, er solle ihm einen abgelegten Anzug schenken; er beschaute bereits prüfend den, welchen Thomas noch auf dem Leibe trug, behauptete, er sei nicht mehr gut für einen Sohn aus so reicher Familie, wollte den Stoff befühlen, während Thomas ihm mit heftigem und unwillkürlichem Ruck auswich, und sagte: »Es kommt nur auf dich an, ob wir Freunde oder Feinde sind; von mir aus können wir die besten Freunde bleiben – also bekomme ich den Anzug?«

So zog die ganze Angelegenheit ihre Kreise bereits in Thomas' elterliches Haus. Frau Elisabeth fand ihn kramend vor seinem Kleiderschranke. Er mußte lügen, sein abgelegter Anzug sei für den Schusterssohn, und Ausflüchte erfinden, daß er selbst ihn in sein Haus bringen wolle. Sie wunderte sich etwas über die plötzlich erwachte Regung in ihrem Sohn, der nun alles, was irgend anging, zusammenraffte. – »Weshalb faßt du denn alles nur mit den Fingerspitzen an, als wären es schmutzige Lumpen?« – Thomas packte das Bündel zusammen, und sowie er es aus dem Hause geschafft hatte, war er ein wenig erleichtert. Durch Straßen, Gassen und Gäßchen gelangte er nach manchem Fragen endlich an jene häßliche, abgelegene kleine Ecke, an die er bestellt worden war. Es war ein feuchter Abend, leiser Regen stäubte an den Laternen nieder. Wenn ihn jetzt jemand sähe! – Der andere war noch nicht da; Thomas wartete nur fünf Minuten, es deuchte ihm eine Ewigkeit. Endlich erschien er, sich immer im Schatten gedeckt haltend, lobte Thomas wegen seiner Pünktlichkeit und wollte das Paket in Empfang nehmen. – »Du bekommst es nicht, wenn du mir nicht die Hand darauf gibst, daß ich dir nie wieder etwas geben muß und daß du mich nicht anzeigst und daß ich nicht mehr mit dir zu gehen brauche.« – Er bedachte sich einen Augenblick, dann reichte er ihm die rechte Hand. Thomas nahm die Fingerspitzen und wollte sich schnell entfernen, mußte aber warten, bis der andere das

Paket auseinandergewickelt und nachgesehen hatte, ob Thomas auch nichts zurückbehalten habe. Es war aber so viel darin, daß er ein ganz zufriedenes Gesicht machte und sich noch einmal bedankte.

Von dem Tage an hatte Thomas Ruhe. Sein unfreiwillig gewonnener Kamerad schien ihn kaum mehr zu kennen. Er brauchte nicht mehr mit ihm auf dem Hof zu gehen, und seiner Bekanntschaft mit Alexander hätte nichts mehr im Wege gestanden. Aber Thomas schämte sich vor ihm. Er wagte gar nicht ihn anzublicken, und Alexander wiederum schien jede Lust zum Verkehr verloren zu haben.

Eines Abends saß er wie gewöhnlich bei der Lampe vorn im Zimmer und machte seine Schularbeiten; da pfiff draußen jemand leise den Schulpfiff. – Alexander, dachte er, und mit Herzklopfen öffnete er das Fenster.

Aber schnell trat er zurück und setzte sich wieder auf seinen Platz, bewegungslos, kleine Körnchen flimmerten ihm vor den Augen. Jetzt begriff er es, warum ihn sein Feind in den letzten Tagen so nachdenklich von ferne ansah. – Nach einer Weile pfiff es von neuem, viel lauter als das erstemal. – Ihm wurde übel. – Wenn er nun die Treppe hinaufkam und läutete? Hastig sprang er auf und lief hinab. – »Was willst du?« fragte er tonlos und drängte ihn auf die Straße zurück. – »Geld!« – »Ich habe keins.« – »Du kannst es schon; wer so reich ist wie ihr!« – Thomas' Beteuerungen halfen nichts. Seine Vorstellungen, Beschwörungen, Erinnerungen an die rechte Hand wurden mit der Bemerkung zurückgewiesen, er habe Herrn Matthes *zweimal* die Zunge herausgestreckt, und sein Versprechen, ihn nicht anzuzeigen, habe nur für das *erstemal* gegolten. »Und wenn du mir das Geld nicht gibst, so sage ich es.« – Dies letzte Wort war ein Befehl des Schicksals. – »Mein Vater hat eine Masse Briefmarken in der Lade; willst du von denen?« – Er nickte und sagte, Thomas möge sie herunterbringen. – Unwillkürlich sah Thomas scheu zum Haus hinauf, empor zu jenen Fenstern, die zu seines Vaters Arbeitszimmer gehörten. Sie waren beide erleuchtet. – »Ich kann jetzt nicht, mein Vater ist noch zu Hause.« – »Dann warte ich hier unten, bis er fortgeht und das Licht ausmacht, und dann pfeife ich.« – »Nein!« rief Thomas in fürchterlicher Angst, »das tust du nicht!« – »Dann komme ich herauf und läute. Deiner Mutter will ich schon so was sagen, daß sie nichts merken soll.« – Da trat Thomas dicht vor ihn hin, sah ihn durchdringend an und sagte mit glockenklarer Stimme: »Glaubst du, ich sei ohne Schutz?« so daß er ihn ganz betroffen anblickte und für einen Augenblick eingeschüchtert schwieg. – »Gut«, sagte er nach einer Weile, »dann bringst du sie mir morgen in die Schule, und damit soll die Sache dann abgetan sein.«

Thomas' letzte Worte hatte er falsch verstanden; er dachte nicht anders, als er drohe ihm mit der Polizei oder der Dienerschaft, oder als würde seine Mutter ihn schimpfend hinauswerfen. Thomas aber hatte sie ganz anders gemeint. Daß jener das Haus betrat, in sein Inneres drang, dies schien ihm so ungeheuerlich, daß er die plötzliche Gewißheit hatte, irgend etwas müsse ihn retten, irgend etwas Fürchterliches werde unausbleiblich eintreten, eine Katastrophe, von selbst herbeigeführt, eine Rache, die genommen wurde.

»Was ist dir denn?« fragte Frau Elisabeth. Sie hatte in der letzten Zeit seine Verstörtheit, seinen Mangel an Appetit wohl bemerkt und sogar einmal davon geredet, den Arzt kommen zu lassen. Er aber schützte Kopfschmerz vor und begab sich früh zu Bette. Morgen vor der Schule würde er in seines Vaters Arbeitszimmer schleichen und die Marken holen. Er war bereits an diesem Abend einmal darin gewesen, aber es kam jemand dazu, und er entschuldigte sich, ohne daß es nötig gewesen wäre. Und was würde es helfen? Er würde doch immer wiederkommen.

Nachts fuhr er aus schlimmen Träumen auf. Er öffnete die Lade, er hörte ein Geräusch, er stieß die Lade zu und riß und riß an den Markenstreifen, die immer länger, immer unabsehbarer aus dem Spalt hervorquollen; dann lag er mit offenen Augen unbeweglich in seinem Bette, hörte den unermüdlichen Gang der kleinen Pendeluhr und sein eigenes schnelles Herz. Beide gingen auf Stelzen um die Wette.

Frierend, mit schwerem Kopf schlich er im grauen Morgen in seines Vaters Zimmer. Die Lade war verschlossen; verzweifelt mühte er sich, sie zu öffnen.

»Nun zeige ich dich an.« – Herrn Matthes' Stunden waren die beiden letzten. Es war, als könne es nie zehn Uhr werden. Und doch verrann eine Stunde nach der anderen. – Herr Matthes trat herein; Thomas ließ seinen Feind nicht aus den Augen. Und wirklich hob er den Finger, erst ein wenig, dann immer höher, doch stets so, daß es Herr Matthes nicht bemerken konnte. Schrieb er etwas an die Tafel, so ragte er hoch in die Luft, und Thomas stand Todesangst aus, Herr Matthes könne sich schnell herumwenden. Die Stunde verging, bleischwer waren seine Glieder; leise klapperten seine Zähne. Die zweite Stunde begann, ihm ward mitgeteilt, Herr Matthes habe in der Pause alles erfahren, in der nächsten Stunde würde er gezüchtigt werden. Blickte ihn Herr Matthes an, so sah er stumm zur Seite, sein Inneres war zusammengeschnürt, Herr Matthes redete lauter als sonst, er brüllte beinah, alles klang viel lauter als sonst, und dazu dröhnte fortwährend etwas aus der Ferne. Sein offener Federkasten war wie eine schwarze Kiste, der Halter schwoll dick unter seinen Fingern, riesengroß wuchsen die Buchstaben, die er mechanisch malte. Da schallte die Schulglocke fürchterlich. Thomas' Herz schlug jetzt mit Peitschenschlägen. Er schloß die Augen, eine Flut jagte über ihn dahin. Herr Matthes verließ die Schulstube wie an jedem anderen Tag.

Morgen, auf jeden Fall!

Dies Wort, halb geflüstert an seinem Ohr, hatte kaum eine Wirkung mehr auf ihn. Es summte und klang in seinem Innern; taumelnd erhob er sich, die Häuser auf den Straßen schwankten, er wußte nicht, wie er nach Hause kam. – Frau Elisabeth war erschreckt, als sie ihn sah; in seinen Augen lag ein Flackern. Sie sah sogleich, wie krank er war, entkleidete ihn und legte ihn zu Bette.

Bald begannen seine Phantasien. Er warf die Decke von sich und stieß einen Schrei aus, als er seine Mutter sah. Sie umfing ihn mit ihren Armen, aber in Todesangst stieß er sie zurück und schrie: »Du sollst mich nicht anfassen, du bekommst sie, du bekommst sie!« Mit geschwätziger Stimme setzte er dann auseinander, man müsse den Schreibtisch seines Vaters des Nachmittags um vier Uhr öffnen; da sei die Zeit, wo er am sichersten zu treffen sei; die Lade sei voll Marken, aber er habe auch Geld darin gesehen, wirkliches, wirkliches Geld. Das müsse man verkaufen gegen Marken, es sei so viel, daß er für sein ganzes Leben daran genug habe. Den nächsten Anzug aber werde er überhaupt nicht tragen, sondern gleich vom Schneider zu ihm schaffen lassen, da lägen noch viele Rollen Stoff für alle Anzüge, die man im Leben trage, so viele, so viele, so viele ...

Frau Elisabeth hörte auf diese Reden, in denen Schreckliches verborgen lag, und Erbarmen schlug in ihr um ihren Sohn. Was mußte er durchlitten haben! Sie faßte seine Hand, er aber entzog sie ihr schnell und sagte: »Aber anrühren darfst du mich nicht, niemals; ich will dich dein ganzes Leben lang erhalten, aber wenn du mich ein einziges Mal berührst – wenn du ein einziges Mal in unser Haus kommst« – er atmete schneller

»wenn du nur einmal in unser Haus kommst« seine Augen starrten auf zur Decke, und sein Geist ward gerissen in irre Traumflut. Da sah er ihn schon, aus dem Strahlenfeuerkranze oben in der Mitte des Saales schaute sein Kopf hindurch, die Augen blinzelten, und nun sprang er herab. Das Haus erdröhnte, wiehernd schüttelten sich die Wände, alles wankte und schwankte, und der Onkel Matthäus brüllte vom Ofen her: »Die alte Bude muß eingerissen werden.«

So lag er tagelang im Fieber; Visionen des Hauses glitten häufiger in seine Träume. Fetzenweise loderten sie auf in großen Bildern, zumeist verknüpft mit der letzten Vergangenheit: Der Sturm jagte über den Garten hin und spaltete die alten Bäume, das Wappenschild zerbarst. – – Er lag im Grase, das hoch emporstand, in den Bäumen läuteten die Bienen, ein Glas schob sich an seine Lippen, er wollte trinken, der Arm ward länger und wuchs auf durch den ganzen Garten bis hoch zum Giebel, wo sein Todfeind saß. Eine leise begütigende Stimme drang an sein Ohr: Der Arm verschwand, und statt der schrecklichen Gestalt gewahrte er dort oben Alexander. – – Feuer zischte aus allen Spalten und Fugen des Hauses, er wollte retten, löschen, Brandglocken dröhnten, und die lohe Fackel oben auf dem Turme schwang in riesenhaftem Kreise. Die Balken sprühten, knisterten und qualmten, und wie sie berstend niederkrachten, stand dort oben eine einsame Gestalt. Was er für Feuer sah, ward Glut der Abendröte. Leuchtend im Rosenlichte lag das Haus, regungslos stand die Gestalt. Zitternd streckte er die Arme nach ihr aus, er flüsterte einen Namen. Sie wich zurück, schwand ferner, verblaßte, zerging in schimmerndem Nebel – – noch traumverloren, halbwach, ruhte sein Blick auf dem trüben, blinden Bilde, das hoch am Fußende seines Bettes hing.

Lange lag er so mit offenen Augen. Ganz in der Ferne klang etwas leise, leise; langsam, zum ersten Male, erkannte er, wo er sich befand. Er schloß die Augen wieder, dachte nichts und fiel in langen, traumlosen Schlaf.

Beim nächsten Erwachen erinnerte er sich an alles, was geschehen war, gleichgültig, als gehe es einen anderen an. Er überlegte, daß er aufstehen müsse – es war gewiß schon spät – er wollte sich erheben, sank aber sogleich in Schwindel in die Kissen zurück. Seine Mutter trat leise ein, sah ihn halb aufrecht, er streckte ihr den Arm entgegen, und lautlos sank sie an seinem Bette nieder. Er mahnte mit matter Stimme, er müsse in die Schule, sie schüttelte den Kopf und küßte wieder und wieder seine Hände. Was war ihr nur? – Langsam, voll Schonung, erfuhr er nun, daß er Tage und Tage hier im Bette lag, während er vermeinte, es sei nur eine Nacht verflossen. Er wollte erzählen, was geschehen war, sie aber flüsterte, das alles habe seine Zeit, er solle ruhen und Kräfte sammeln. –

Tage vergingen, noch immer fühlte er sich matt, aber dann erzählte er alles, mit ruhiger Stimme, ohne die geringste Erregung. Selbst seinen Vater sah er ohne Angst. Der verließ ihn mit der Versicherung, er werde sogleich zum Direktor gehen, Thomas brauche sich nicht zu ängstigen, alles werde auf das beste erledigt werden. – Und in den nächsten Tagen brachte er die Nachricht, jener Schüler sei auf eine andere Schule gewiesen worden.

Herr Matthes erwähnte den Vorfall mit keinem Worte, war freundlich zu ihm wie immer, und Thomas erschien das Ganze wie ein Traum. Es war ihm fast sogar, als sei jener ausgewiesene Schüler und sein Feind gar nicht ein und derselbe Mensch, und auch auf Alexander blickte er aus Fernen.

4.

Es dauerte geraume Zeit, bis Thomas das Durchlebte überwand. Das Eigentliche, Wirkliche daran trat zurück, das Phantastische ward zur Wirklichkeit. Die Gestalt seines Feindes verlor in seiner Erinnerung allmählich alle Persönlichkeit, sie ward zu einem ungewissen Dämon, der verbannt war, dessen Macht hinabklang. Zuweilen erschien er ihm noch in seinen Träumen, aber niemals mischten sich in sie Schulerinnerungen: fahl und hager stand er vor seinem Bett und sah auf ihn nieder, nicht höhnisch, nicht grausam, nicht voll Haß, sondern mit verwestem Lächeln und mit den entrückten Augen eines Toten, dessen schwimmend-offener Blick mit ungewissem Grauen füllt.

Aber diese Bilder wurden seltener und verblaßten mit der Zeit. Das aber, was an jenem Erlebnis scheinbar zurücktrat, überschimmerte bald alles andere.

Bruchstücke aus seinen lichten Traumvisionen blieben in seiner Seele und verbanden sich mit anderen, flossen zusammen zu einem nebeligen, ahnungsvollen Grunde, und aus diesen Tiefen winkte ein Gesicht herauf, quälend, rätselvoll, beglückend; er wähnte, es sei Alexander.

Er ward ihm allmählich zu einem höheren Wesen, das sich erniedrigte, hier auf der Erde zu wandeln, während er in Wirklichkeit vergangenen alten Zeiten angehörte. Seine Heimat aber war das alte Haus; er selbst sein Schutzgeist. Seine wache Seele sagte ihm, das alles sei unmöglich, aber für sein tiefstes und letztes Gefühl war es doch so. Und diese Gewißheit ward ihm bestätigt durch das Wappenschild, das hoch oben unter dem Giebel des Hauses die Jahrhunderte überdauert hatte. Bis zur Unkenntlichkeit verwittert, zeigte es noch Spuren seines früheren Aussehens: Zwei pyramidenförmig zueinander gestellte Streifen, ähnlich zwei Schwertern, deren verloschene Spitzen sich einst kreuzten. Lange grübelte Thomas darüber, was sie bedeuteten, bis es ihm mit einem Schlage vor der Seele stand: Es war der Anfangslaut in Alexanders Namen.

Ihm selbst zu begegnen vermied er nach wie vor; zu sehr brannte in ihm noch die Scham der Vergangenheit. Aber zu Hause saß er sinnend im Garten, sah auf zum Wappenschilde und gedachte jenes Traumes, wie Alexander ihm erschien und wie er später ihm entwich, immer ferner, durch die grüne Wand des Zimmers. Von seiner Umgebung hatte niemand eine Ahnung von diesen Gedanken, in die Thomas sich immer mehr versenkte. Was man sah, war nur ein träumerisches, abgeschlossenes Wesen. Der Justizrat sprach davon, ihn in Pension zu geben; erst gestern – so sagte er – als er durch Zufall einen der dunklen Räume betrat, habe er ihn überrascht, wie er versunken, an nichts denkend in einem Winkel saß und vor sich hinstarrte. Was sei Ursula dagegen für ein Kind! Es sei eine Freude, sie nur anzusehen! Die spränge einem entgegen, wisse immer etwas Neues, habe immer Geist und Witz und stände schon jetzt eigentlich mitten im Leben!

Frau Elisabeth gab ihrem Manne mit dem Verstande recht; der Gedanke, ihren Sohn fortgeben zu sollen, war ihr schrecklich. So sprach sie mehrere Male eindringlich mit ihm, forderte ihn auf, sich Bekannte, Freunde zu suchen, und er versprach es. Aber er tat es nicht, und sie hatte Angst vor neuen Unterredungen mit ihrem Mann. Vielleicht, so dachte sie einmal, als sie über Thomas' Wesen nachgrübelte, behandeln wir ihn ganz falsch; wozu müssen es gerade Knaben sein, mit denen er umgehen soll. Vielleicht würde er sich unter Mädchen viel wohler fühlen.

Aber dann verwarf sie diesen Gedanken wieder halb; denn das hätte sich doch längst von selber zeigen müssen.

Ursulas Geburtstag stand dicht bevor. Sie half selbst an den Vorbereitungen, sie gab sogar Gedanken. Sie wollte ein großes, schönes Gewinde um ihren Tisch sehen, aus Lorbeer und roten Rosen. In der Mitte sollte ein Baumkuchen ragen und in ihm ein einziges riesiges Licht. Die vielen kleinen Lichte seien nur für Kinder. – Frau Elisabeth waren diese Vorkehrungen zu prunkvoll, und ganz gegen ihren Sinn war ihr der Gedanke, daß Ursula das Zimmer dunkel wünschte, bis auf das eine brennende Licht. Wie sie aber hinzusetzte, niemand solle dann in das Zimmer hinein außer ihr selbst, die anderen sollten draußen stehenbleiben und warten, bis sie wieder herauskäme – da lehnte sich ihr Gefühl plötzlich gegen das Ganze mit Entschiedenheit auf; sie schlug ihr rundweg alles ab und sagte, ein Kind mit einfachem, natürlichem Gefühl komme auf solche Gedanken gar nicht, im Gegenteil, es überlasse alles seinen Eltern und ließe sich von ihnen zu seinem Geburtstag überraschen. – »Was bleibt uns denn noch für eine Freude«, sagte sie, »wenn du sie uns vorwegnimmst, ja wenn wir nicht einmal dabei sein dürfen, wenn unser Kind sich freut?!« – »Aber der Geburtstag ist doch für mich und nicht für euch; und wenn ich mich so am meisten freue, wie ich möchte, dann muß das doch euch wieder am meisten freuen, denn ihr freut euch doch an meiner Freude!« – Frau Elisabeth sah traurig auf ihr Kind, das da Gefühle zergliederte, so jung es war; Gefühle, über die sie selber noch niemals nachgedacht hatte, da sie selbstverständlich und unanstastbar waren. – Sie erwiderte mit etwas anderen Worten dasselbe, was sie schon einmal gesagt hatte; Ursula beharrte auf ihrem eigenen Standpunkt. Da wurde sie schließlich heftig und sagte: »So tue, was du willst.« – Dieses Wort wirkte wie eine lebendige Kraft. Ohne sich einen Augenblick aufzuhalten, eilte sie hinaus; dann blieb sie stehen: Was wollte sie eigentlich? – Sie ging ins Arbeitszimmer ihres Vaters. Dort saßen fremde Männer auf Stühlen an den Wänden, einer stand am Schreibtisch und redete in sehr merkwürdigem Deutsch, und sie war überrascht, ihren Vater in derselben Sprache antworten zu hören. Sie stand mit offenem Munde und vergaß ganz, weswegen sie gekommen war. – So sprachen die Dienstmädchen draußen in der Küche, wenn sie sich unterhielten. – Er erschien ihr in einem neuen, und zwar sehr komischen Lichte. Schließlich aber dauerte ihr die Verhandlung doch zu lange, sie drängte sich an ihn heran, indem sie sich wie eine Katze die Seitenwand des großen Schreibtisches entlang strich, und blieb dann dicht vor ihm stehen, mit einem ganz verzwickten Ausdruck in den Augen. »Was willst du?« fragte er, sich plötzlich unterbrechend, in seiner gewöhnlichen Sprechweise, mit einer raschen Seitenbewegung des Kopfes nach ihr hin. Sie nannte eine Summe Geldes und setzte in aller Geschwindigkeit auseinander, wozu sie sie benötige. Er hörte sehr aufmerksam zu, gab ihr das Verlangte, mit schnellem Danke eilte sie hinaus. An der Tür aber rief sie ihr Vater, der sofort die Unterhaltung mit dem Bauern wieder aufgenommen, noch einmal zurück, indem er sagte, er habe überlegt, sie reiche mit dem Gelde nicht. Erfreut streckte sie noch einmal die Hand aus. – Da sie aus den letzten Worten ihrer Mutter abnahm, sie wolle mit den vorgeschlagenen Vorbereitungen zum Geburtstage nichts zu tun haben, kümmerte sie sich selbst um diese Dinge, besorgte das Notwendige und flocht das Gewinde mit ungewohnter Beharrlichkeit. – Thomas kam dazu. – Er wunderte sich über das große Licht. Sie sagte, es solle ganz allein im dunklen Zimmer brennen. Und während sie sich wieder ihrer Beschäftigung zuwandte und zu neuen Blättern griff, sann Thomas noch immer ihren letzten Worten nach, die längst verklungen waren: An was erinnerte ihn das nur? Er grübelte und grübelte. Gedanken lösten sich in ihm, die er selbst nicht fassen konnte, schnell wie Schatten, irre Vorläufer des Bildes, das wie aus den Tiefen der Erde langsam aus dem Boden seiner Seele emporstieg und sich nun verdichtete vor seinem inneren Auge: Einsam, tiefgolden, ölig glomm eine Kugel im grenzlosen, finsteren Raum; die Wände, die Decken waren verschwunden; über dem Bodenlosen schwebte das Licht, schwarz umwölbt vom Haus. – – Hatte ihm das einmal geträumt? Er sann darüber nach; das mußte lange, lange her sein; – aber so sehr er auch grübelte – seine Erinnerung zerbröckelte wie graues, altes Gestein. –

»Ich bin es selbst!« sagte Ursula. – Er kam wieder zu sich. »Was bist du selbst?« – »Das Licht! Und du sollst schon sehen, daß ich recht habe! Ich werde einmal sehr berühmt; ich werde Schauspielerin.« – Jetzt war er wieder ganz in der Wirklichkeit und sah Ursula erstaunt an. – »Ich sage doch jetzt schon die besten Gedichte in der Klasse auf, und unsere Lehrerin sagt, es sei erstaunlich, was für ein Mienenspiel ich hätte! Wenn ich einmal erwachsen bin, dann gebe ich die größten Rollen, jeden Abend eine andere, und eine immer ganz anders als die andere.« – Ein einziges

Mal war Thomas im Theater gewesen, aber was er da gesehen hatte, das war ihm ein Erlebnis, so feststehend wie jedes andere. Er hatte nie darüber nachgedacht, daß das alles nur gespielt sei, und daß ein und derselbe Mensch Verschiedenes spielen könne. Ursula ging öfters ins Theater, öfter, als Frau Elisabeth lieb war; aber ihr Vater begünstigte diese Neigung. – »Wie willst du eigentlich mal berühmt werden, Thomas?« Ihm war diese Fragerei unbehaglich, und das Wort »berühmt« klang so schrecklich. Sie lachte und zupfte im nächsten Augenblick an einer Stelle des Gewindes. Ihr Gesicht war schon wieder ganz ernst, auf der Stirne standen ein paar kritische Falten. Sie hob das Ganze hoch, er mußte helfen, und nun trug sie das Gewinde zu Frau Elisabeth, um sich am nächsten Morgen, ihren Angaben gemäß, überraschen zu lassen. Ihre Mutter nahm die Dinge, machte aber ein Gesicht, als ob sie etwas ganz Besonderes wisse.

Am folgenden Tag fand Ursula auch alles ganz genau nach ihrer Vorschrift. Aber sie suchte vergebens nach Geschenken und zeigte sich etwas unwirsch wieder an der Tür, starrte aber, noch halb geblendet von der Dunkelheit, auf einen vollen Geburtstagstisch mit Kuchen und Lichtern, so wie es sich nach ihrer Mutter Ansicht für ein Kind gehörte. Sie zog die Augenbrauen hoch und trabte leise darauf zu, überwitterte das Ganze und streckte ihrer Mutter mit einer wunderlichen Bewegung die Hand zum Dank entgegen. Frau Elisabeth fragte sie mit entgegenkommender Herzlichkeit, ob nun nicht dieser Geburtstagstisch sie mehr erfreue als der nebenan, worauf sie den Mund hin und her zog, als finde sie seine richtige Lage nicht, und plötzlich zu ihrem Vater sagte: »Papa, sprich doch noch einmal so wie gestern, das war zu komisch.« Der Justizrat freute sich über ihre unbefangene Weise, Unbequemes von sich abzuschütteln, und sagte ihr dies auf die verlangte Art. – Das gelbe Licht brannte noch vergessen in dem dunklen Zimmer; Thomas stand davor und sah es lange an, aber dann kehrte er ihm enttäuscht den Rücken: Es war ganz anders, als er dachte.

Nachmittags war Ursula in geschäftiger Aufregung. Sie war die Hauptperson des Tages und in bester Laune. Thomas mußte dabei sein, wie sie ihr schönstes Kleid anlegte, schließlich verriegelte sie gar die Türe, niemand außer ihm dürfe ihr behilflich sein, und dann gab sie ihm einen Kuß, so plötzlich, daß er den Gedanken erst fassen konnte, als er schon vorbei war. Dann zog sie ihn zu einem Fenster, von wo aus sie gemeinsam das Treppenhaus überblicken konnten, denn sie wollte sehen, welche von ihren Freundinnen wohl als die erste käme. Es war jenes Fenster, dem gegenüber das Regenrohr und der Schornstein ragten, die Thomas in früheren Jahren so oft betrachtete. Und während Ursula zur Treppe niederspähte, sah Thomas seit langer Zeit zum ersten Male wieder mit Bewußtsein dort hinauf. Alles schien genau wie früher und doch anders. Er sah sie lange an, die Wand, das Dach, das Rohr, das alles unerschütterlich und unbeweglich all die Jahre stand. Wie war es eigentlich in Wirklichkeit?

Er spürte einen leichten Stoß: Ursula deutete mit vorsichtigem Finger hinab durch das hohe, helle Treppenfenster. Da sah er ein Mädchen, das sich auf sonderliche Weise emporbewegte. In kleinen, aber hohen Sprüngen erreichte sie die Treppenstufen so, daß das vordere Bein auf die höhere, das zurückstehende aber gleichzeitig auf die darunterliegende niederstieß. Einmal irrte sie sich und mußte zwei Stufen zurückgehen. Ursula kicherte in sich hinein, und dann begrüßte sie das Mädchen mit überlegenen Blicken, so wie man jemand ansieht, auf dessen Rücken etwas Lächerliches befestigt ist, ohne daß er selbst davon weiß. Rasch eingeweiht war sie als Dritte die eifrigste am Fenster. Thomas aber zog sich zurück. Leer und langweilig kam ihm das Ganze plötzlich vor; und dann: Dies Mädchen hart an seiner Seite, dessen warmen Ellbogen er fühlte, ärgerte ihn. Von hinten betrachtete er sie nun mit Abneigung. Er gab Neueintretenden die Hand, wenn es nicht zu umgehen war, horchte, wie die Sprechenden lauter und lauter redeten – denn es kamen immer neue Stimmen dazu, und bald war das ganze Zimmer voll weißgekleideter Gestalten – und dachte: Wenn doch wenigstens das Fenster offen wäre! – denn in der Luft lag etwas Unbekanntes, das nicht hineingehörte. Die Mädchen waren ihm noch fremder als die Knaben, die doch wenigstens Knaben waren so wie er.

Frau Elisabeth trat nun herein, im hellblauen Seidenkleide, geschmückt mit der goldenen Kugelkette, errötete leicht und richtete an jede einzelne ein freundliches Wort. Man ging in den Garten, bald glich er einem öffentlichen Tummelplatze. Sie warfen mit Bällen gegen die Wand des Hauses, Thomas' selbstgezimmerter Holunderbaumplatz ward entdeckt, die Keckste wagte sich hinauf, sie winkten mit Taschentüchern zum Turm empor, als sie dort oben auf der Galerie einen Menschen erblickten, stöberten in dem folgenden Versteckspiel Plätze auf, die Thomas heilig waren, und überboten sich in Auslegungen des Wappenschildes. Sie wurden Thomas immer unleidlicher, immer abgeschmackter. Ursula war bei allem stets die erste, leitete das Ganze. Sie hatte Thomas schon längst vergessen. Frau Elisabeth schien in ihre Kinderjahre zurückgekehrt, sie klatschte in die Hände und nahm die kleinen Geschicke, die den zuletzt allein Übrigbleibenden in Kreisspielen zu ereilen pflegen, mit Wichtigkeit und Pflichtgefühl auf sich. Thomas ward ins Gartenhaus geschickt, etwas zu holen; er kam nicht zurück, er drängte sich durch die Buschreihen fern von der Gesellschaft weg, immer an dem schwarzen Lattenzaun entlang, blieb endlich stehen und sah gedankenlos auf das düster ziehende Wasser in der Tiefe. Von ferne scholl das laute Lachen der Mädchen, die schon längst nicht mehr auf seine Rückkehr warteten. Das machte ihn traurig, obgleich er doch froh war, ihnen entronnen zu sein. Er kam sich einsam, ausgestoßen vor. – Lange saß er unbeweglich. Auf einmal bemerkte er, daß der Lärm verstummt war; man mußte wieder in das Haus zurückgekehrt sein. Nun war er allein in dem weiten Garten. Unten gurgelte das Wasser, sonst vernahm er keinen Laut. Er horchte schließlich aufmerksam auf die kleinen Töne, die kein Ende nahmen. Und er dachte: Ob wohl das Wasser schon lange so rauscht, schon das ganze Jahr, schon damals, als ich immer zur der Dachrinne und dem Schornstein aufsah, schon seit ich geboren bin – – oder noch viel länger? – Er schloß die Augen und dachte, wie sonderbar das doch alles sei. Dann hörte er wieder die kleinen Töne in der Tiefe. Er nahm sich vor, beständig auf sie zu lauschen, er vermochte es auch eine Weile, aber dann rauschten sie ferner, verloren sich ganz, und wenn er sie endlich wieder hörte, zerrann ein ungesehenes Bild vor seiner Seele. –

Er sah hinab zur Tiefe, so lange, daß es ihm endlich vorkam, als fließe nicht das Wasser, sondern als zöge er selbst auf einem unbekannten Schiffe still den Strom hinauf. Dann stand es plötzlich wieder still, und er sah, daß in Wirklichkeit das Wasser floß. Und eine ähnliche Verwechslung ging in seiner Seele vor: Er wußte, daß er, Thomas, hier am Gitter stand und hinabsah, aber wenn er gerade dieses mit Angestrengtheit dachte, so war er sich selbst ganz fremd, ein anderer, es löste sich dieselbe Gestalt in zwei gesonderte, um im nächsten Augenblick, beim wachen Hinschaun, wieder nur eine einzige zu sein.

Vom Turm her rief das Wächterhorn, unten floß das Wasser, leise und eintönig. Ihm war mit einem Male unheimlich an diesem Ort. Er drängte sich weiter durch die Büsche und immer weiter, bis er das Ende des Zaunes erreichte; es war ein Platz, den er kaum kannte, wild und dicht verwachsen. Rechts lag der Mauerbau mit den Eisenringen bis beinah dicht zu ihm heran. Hier war ein Durchblick durch den Zaun, der im Winkel hart an die Mauer schloß. Tiefer unten, jenseits des Zaunes, sah er drei alte, dunkle Kastanienbäume. Niemals hatte er sie gesehen, niemals von hier herabgeschaut. Und doch kannte er sie. Erinnerung zog leise in ihm wie der stillbewegte Grund unter einem tiefen Wasser. So wie im Dunkel schimmernde, geheimnisvolle Ringe vor dem müden Kind, das sich die Augen reibt, erscheinen, die es nur sieht, wenn es sie nicht ansieht, die es niemals erhaschen kann, da sie sogleich entweichen, wenn es die Augen nach ihnen dreht – so stand in Thomas' Seele ein Bild der Erinnerung, das vor seinem wachen, grübelnden Bewußtsein in die Tiefe tauchte, um wieder aufzudämmern, wenn er das Denken aufgab.

Lange, lange saß er so. Ein ferner Ton strich hoch durch die Luft, durchzog den ganzen Himmel und klang klagend am Horizont hinab. Thomas sah, daß seine Hände kalt und blau geworden waren; die Dämmerung war hereingebrochen, ohne daß er es bemerkte. Er teilte die dichten Sträucher auseinander und sah den Garten vor sich; still und hoch standen die Bäume im Abendnebel, leichter grauer Schleierduft lag auf dem Grase. Es war, als habe ihn noch nie ein Mensch betreten. Scheu ging er durch die Büsche. Nun stand er mitten auf dem Rasen.

Von zwei Seiten her umschlossen ihn die düsteren Fronten des Hauses, in denen hie und da ein Fenster matt erleuchtet war, hinter ihm lag der schwarze Mauerbau, auf der letzten Seite starrten die Massen der Büsche wie ein hoher Wall. Da legte er sich nieder in das Gras. Gegen den Abendhimmel hob sich fern der höchste Giebel, schwarz wie ein ungeheueres Dreieck. Vom Wappenschilde war nichts zu erkennen.

So lag er einst im Traum, als er dort oben Alexander sah.

Er kehrte sein Gesicht zu Boden, preßte die Wange gegen die Erde und breitete die Arme über sie.

5.

Alexander trat eines Tages nach der Stunde zu Thomas hin und sagte ihm, er werde am nächsten Sonntag zu ihm kommen. Thomas entgegnete darauf nichts, auch zu Hause schwieg er, und erst als Frau Elisabeth ihm am Sonntagmorgen ganz nebenbei mitteilte, sie wolle am Nachmittag mit ihm ausgehen, antwortete er in scheinbar gleichgültigem Tone: ein Bekannter würde ihn besuchen. Frau Elisabeth schien überrascht und sagte, es freue sie, daß er sich endlich einmal einen Freund einlade.

In Wirklichkeit war diese Einladung einzig und allein ihr Werk. Eines Abends, als sie noch einmal an Thomas' Bett trat, während er schon schlief, sah sie aus seinem Nachtkleid etwas Blaues hervorschimmern. Vorsichtig zog sie es halb heraus und fand, daß es ein altes Schreibheft war, das Alexanders Namen auf dem Schilde trug. Thomas hatte es einmal unbemerkt aus dem Papierkorb herausgenommen. Sie schob es wieder an seinen Körper und bedeckte seine Brust. – In Erinnerung an eigene Schwärmereien aus ihrer Mädchenzeit untersuchte sie darauf die Sachen, mit denen Thomas am meisten umging, und wirklich fand sie hie und da ein Zeichen aufgeschrieben, das der erste Buchstabe von Alexanders Namen zu sein schien, in römischer Form; nur fehlte jedesmal der mittlere Querstrich, worüber sie sich wunderte; dann aber legte sie es sich so aus, als wolle Thomas das Zeichen für andere unkenntlich schreiben, was ihr sehr gut zu seiner Art zu passen schien. – Die Entdeckung dieses Geheimnisses erleichterte sie sehr. Sie sah nun, daß er Freundschaften wohl zugänglich war, daß nur Verschwiegenheit ihn hinderte, sein Gefühl zu äußern. In aller Stille setzte sie sich mit Alexanders Mutter, die sie flüchtig kannte, in Verbindung, und damit war die Bekanntschaft eingeleitet.

Thomas aber dachte gar nicht darüber nach, wodurch dieses Glück herbeigeführt sei. Er kam auch gar nicht auf den Gedanken, der der nächstliegende war: Alexander wolle ihn gern kennenlernen; er fühlte nur zagende Freude.

Und Alexander kam.

Thomas sah ihn vom Fenster des Saales aus ins Tor hineinschreiten; er wußte, nun ging er die Treppe hinauf; sein Fuß berührte das Holz der Stufen, er schritt empor zum ersten Stockwerk, jetzt war er mit ihm auf gleichem Boden, nun faßte seine Hand den Klingelzug – er lauschte mit Anspannung – der altgewohnte Ton klang fernher durch das Haus; aber wie anders klang er als sonst! – Er hörte Schritte, die große Flügeltür öffnete sich, unbeweglich sah er vom entgegengesetzten Winkel auf sie hin.

Alexander schritt auf ihn zu, bot ihm die Hand und entschuldigte sich, daß er sich etwas verspätet habe.

Aus dem Banne des Zaubers halb erwachend, lächelte er statt einer Antwort. Nun fühlte er sich beklommen, der eingebildete und der wahre Alexander verschmolzen zu einem dritten, den er vor sich sah, in handgreiflicher Deutlichkeit, vor dem er beinah Angst empfand, so wie man sie empfindet vor einem geheimnisvollen Wesen der Nacht, das man in hellem Tageslichte sieht mit seinem stummen Blick aus fremden Reichen, aus denen es verschlagen ward.

Beide standen da wie Statuen, als Frau Elisabeth hereintrat. Alexander überbrachte Empfehlungen von seiner Mutter.

Nun war Thomas vollkommen aus dem Bann erwacht, und was er fühlte, war Unbehagen.

Etwas mußte getan werden; so schlug er als nächstliegende Ausflucht den Garten vor, und alsbald trabten die beiden Knaben die breite Treppe hinab, wie Tiere, die auf der Wanderschaft nach einem neuen Aufenthalt begriffen sind. Thomas schritt voran.

Auf dem Grunde des Herzens keimte heimlich eine unerbittliche Enttäuschung, zuvörderst nur als leise, allgemeine Unbehaglichkeit, die in seiner Seele zu keinem Gedanken emporwuchs als höchstens dem, wie er seinen Freund nun beschäftigen solle. Ihm war ja Alexander auch so fremd! Er kannte ihn ja beinah gar nicht.

Verlegen stand er an dem Gartenzaun, während sein Freund die Schwelle überschritt. – »Was ist das für ein sonderbarer Baum?« fragte Alexander endlich. – Thomas folgte seinem Blick und sagte beinah geringschätzig: »O, das ist nur ein Holunderbaum.« Dann kletterte er aber an ihm empor und langte von oben mit der Hand in den Stamm hinein. – »Ist er hohl?« – Statt aller Antwort zog er die Hand heraus, die voll von flimmerndem, verblaßtem Gold und Silber war, Schätze vom letzten Weihnachtsfeste, die er hier geheimnisvoll verwahrte und die inzwischen eigentlich längst Alexander gehörten. Unbeweglich sah er auf ihn nieder; es war, als müsse jetzt etwas Ungeahntes, Wundervolles geschehen. Aber

Alexander sagte nach einer Weile nur: »Komm doch wieder herunter.« Enttäuscht stieg er hinab, und beide Freunde sahen sich, in so plötzlicher Nähe, wieder etwas verlegen an. Eigentlich fehlte jetzt Herr Matthes und die ganze Schule, und dann hatten sie überhaupt nichts mehr miteinander zu tun. Er wäre gern wieder auf den Stamm hinaufgeklettert, denn er fand es viel schöner, von dort aus mit Alexander zu reden. – »Weshalb seufzt du denn?« – Er antwortete nicht. »Komm«, sagte er nur, schon vorausschreitend, »wir wollen tiefer in den Garten.« Sie gingen über den Rasen, in seiner Mitte machte Thomas unwillkürlich halt, als sei hier ein Punkt, wo man sich niederlassen könne. – »Das Gras macht Flecke«, sagte Alexander. – Wie er dastand! bescheiden und vornehm wie ein junger Fürst; nichts, gar nichts ließ sich aus seinem Gesicht herauslesen, es war hell und blond und hatte einen Zug von unbewußter Lauterkeit. Unwillkürlich suchten Thomas' Augen das Wappenschild unter dem Dache. Alexander folgte seinem Blick und schien plötzlich lebendiger. Er sagte, man müsse die alten Farben wieder auffrischen. Eine leise und selbstverständliche Empörung stieg in Thomas bei diesen Worten auf; im nächsten Augenblick aber verbesserte er selbst dies Gefühl, indem er sich sagte, daß es ja Alexander war, der sie sprach, und daß er allein ein Recht zu ihnen hatte. – »Überhaupt scheint euer Haus recht alt zu sein«, fuhr er fort, indem er sich mit einem Blicke umsah; »es müßte einmal neu angestrichen werden.« – »Meinst du?« fragte Thomas und sah ihn bestürzt an. – »Sieh doch die Flecken überall! Unser Haus ist lange nicht so groß, aber viel reiner.« – »Das meinst du doch nicht im Ernst«, fragte Thomas dringlich, »daß unser Haus geändert werden müsse? Es *muß* doch so bleiben wie es ist!« – Er sprach laut und leidenschaftlich. – Alexander errötete leicht, im Gefühl, etwas Unpassendes gesagt zu haben. Thomas ließ ihn nicht aus den Augen, von wachsender Unruhe erfüllt. Da rief seine Mutter von oben zum Kaffee. – »Meintest du das wirklich?« wiederholte er, als sie schon wieder durch den Garten schritten, auf das Haus zu. – »Ich sagte es nur so«, antwortete Alexander nach einer Pause etwas verlegen, »um zu hören, was du wohl dazu sagen würdest.« Thomas atmete erleichtert auf. – Sie gingen nun ins Haus hinein, und er suchte gleichen Schritt mit ihm zu halten, so daß es klang, als ginge Einer. Sie stiegen die alte schmale Holztreppe empor, die vom Hof aus in den langgestreckten hintersten Flügel des Hauses emporführte und vom Gange aus gesehen wie eine Versenkung gähnte. Thomas stand schon oben und wartete; wie eine Erscheinung tauchte Alexander aus dem finstern Dämmer. Ein schneller Traum war das, sie gingen wieder weiter, bis Alexander stehen blieb. »Wieviel Treppen sind denn eigentlich hier im Hause?« fragte er, indem er auf ein paar Stufen deutete, die vor einer verriegelten großen Tür endeten, welche sich in halber Höhe der Wand befand. Auch am anderen Ende des Ganges sah er schräg ansteigende braune Bretterwände, die sich, umwendend, fortsetzten zu einem Gehäuse, das finster wie ein gewaltiger schiefer Kamin zur gegenüberliegenden Wand hinauszuführen schien. »Man ist ja hier wie verzaubert«, setzte er hinzu. – Thomas' Herz schlug in schnellen Schlägen; er wagte nicht, ihm ins Gesicht zu sehen.

»Nun, habt ihr miteinander gespielt?« fragte Frau Elisabeth, und Thomas sagte in aller Eile: »Ja!« und schob Alexander rasch zwei Körbe mit Kuchen hin. Während sie aßen, betrachtete sie Alexander unauffällig. Er schien ein wenig älter als Thomas; aber sein Gesicht war ihr nicht unsympathisch. Doch konnte sie in seiner ganzen Art nichts finden, was ihr Thomas' heimliche Begeisterung gerechtfertigt hätte; denn sie sah sehr wohl, mit wieviel verhaltenem Gefühl er ihm gegenübersaß. Und wie er nun errötete, als sie ganz nebenbei bemerkte, sie wolle ihm Kragen von ähnlichem Schnitt machen lassen, wie sie Alexander trage, mußte sie beinahe lächeln über seine von verschwiegenem Glück sanft durchleuchteten Augen. – Ursulas Stimme ward im Nebenzimmer laut, schnell erhob er sich, öffnete die Tür zum entgegengesetzten Zimmer, wandte sich um und sagte halblaut: »Komm!« Alexander folgte ihm gehorsam, noch kauend. – »Ich will dir die sonderbare Treppe zeigen«, setzte er wie zur Entschuldigung hinzu. An den verhängten Glastüren vorbei strichen sie durch die dunklen Zimmer, bis sie vor eine kleine verriegelte Tür gelangten. Er öffnete sie, und sie traten in den engen dämmerigen Platz. – »Man muß sich immer um sich selbst drehen«, sagte Thomas halblaut und schritt voraus, die schmale Treppe empor, viele kleine Stufen, bis er mit Herzklopfen oben stand und wartete. Endlich kam Alexander. – »Es wird einem ja ganz schwindelig«, sagte er. – »Nicht wahr?« fragte Thomas erfreut, »es ist, als drehe sich das ganze Haus um einen!« Und ohne ein weiteres Wort lief er wieder abwärts. Auf halber Höhe aber entdeckte er eine kleine Tür, die er noch nie gesehen hatte. Sie öffnete sich schwer, da der Boden mit leichtem Schutt bedeckt war. Der kleine viereckige Raum hatte einen Steinfußboden, war ganz leer und empfing sein Licht von einem einzigen schmalen, niedrigen Fenster seitwärts, das aber nicht ins Freie zu gehen schien. Thomas sah hindurch; vor ihm war purpurn schimmerndes Halbdunkel. Ein Fußboden lag sehr tief. »Das ist«, sagte er endlich mit verhaltener Stimme, »das Zimmer mit den seidenen Wänden.« Er sah hingerissen hinab. – »War denn dies Fenster immer hier?« fragte er nach einer Pause, in tiefsten Gedanken. – Ehe aber Alexander hätte antworten können, fragte er etwas anderes, Gleichgültiges. – »Wir wollen wieder hinab«, sagte Alexander ernsthaft; »es ist hier so langweilig; laß uns doch etwas spielen.«

Thomas schritt voran, die Treppe zum unteren Stockwerk nieder. Wie ein feuchter Nebel legten sich die letzten Worte um seine Seele. Die Wirklichkeit stand heller und heller in ihr, aber sie schloß die Augen und wollte sie nicht sehen, aus Furcht vor schrecklichster Enttäuschung, selbst wenn sie schon klar und kalt durch die durchrissenen Schleier schien. Durch eine zwiefach verschlossene und verriegelte Doppeltür gelangten sie ins Freie.

Unschlüssig standen sie am Gartenhause, besahen die Geräte, die Kugelspiele, und während Thomas gleichgültig das eine und das andere vorschlug, erscholl mit einem Male ein lautes Lachen in der Ferne, und er sah Onkel Matthäus, Tante Hermine und den dicken Vetter, ihren Sohn. Sogleich begann seine Seele wieder mit lebhafterem Flügel zu schlagen, nun war Alexander nur noch ein Kleinod, das er retten mußte. – Der Vetter war entsetzlich, und Tante Hermine – wenn Alexander die sah, das war unausdenkbar. Er wollte ihn seitwärts ins Gebüsch ziehen, aber Onkel Matthäus hatte sie schon gesehen und winkte und rief ein lautes »Hallo!« über den Rasen. Nicht oft erschienen diese Verwandten, und nun trieb sie gerade heute ein schlimmes Schicksal in die Garteneinsamkeit. Da stand der Onkel schon vor ihnen, musterte sie mit jovialem Blick, klopfte Alexander auf die Schulter, den er gar nicht kannte, und behauptete, er kenne ihn. Und der dicke Vetter schaute breitbeinig auf Alexander, als wolle er sagen: Ich kenne dich zwar nicht, aber es wird schon gehen. Dick und unverfroren stand er da, gerade so wie seine Mutter, die immer so redete, als dächten alle ganz genau so wie sie selbst, in ihrer breiten, lauten, gezogenen Sprechweise. Da stand sie, schwitzend in ihrem enggeschnürten Kleide, die Haare glatt an die Stirn geklebt, trocknete sich die Schläfen und zeigte, ohne sich zu schämen, alle ihre dicken roten Finger. – Frau Elisabeth nahte von der Gartenpforte her, überschaute die Lage, richtete ein paar vermittelnde Worte an Thomas und warf ihm einen aufmunternden Blick zu, einen Blick, den er schon kannte, der für ihn bedeutete: »Wir sind nicht allein, sondern in Gesellschaft!« und der in ihm ein ödes Gefühl erweckte, wie wenn er sowohl wie seine Mutter eigentlich jeder *zwei* Menschen wären, zwei, die sich lieb hatten, und zwei, die sich fremd waren.

Die drei Knaben schritten über den Rasen, die beiden Freunde schweigsam, der Vetter eine Geschichte erzählend, in der er selbst die Hauptrolle spielte. Alexander hatte eine kühle Miene angenommen und streifte Thomas mit einem Blick, der ihm bis in die Fingerspitzen niederrann. – »Wir wollen Verstecken spielen«, sagte Thomas, plötzlich stehenbleibend, »ich weiß Plätze, die findet niemand.« – Er erreichte mehr, als er wünschte. Der Vetter wollte wetten, daß er alles fände, mußte sich ins Gartenhaus zurückziehen, zog seine Uhr hervor, deren Kette über seiner Männerweste prangte, und sagte wichtig: »Nach drei Minuten komme ich.« – Thomas drängte sich mit Alexander durch die Strauchmassen bis an den schwarzen Lattenzaun, schlich sich, durch das dichte Grün gedeckt, den ganzen Zaun entlang, bis das Ende des Gartens erreicht war, dann tief geduckt hinter den Sträuchern an der Mauer mit den dicken Ringen hin, bis sie an einem dunklen Winkel anlangten, den das letzte, hinterste Ende des Hauses mit einem fremden Gebäude bildete, dessen fensterlose, grau und einförmig emporragende Wand fast parallel an die des Hauses stieß, so daß ein langer, hoher, schmaler und keilförmiger Gang zwischen ihnen lag, durch dessen obere, freie Seite kaum der Himmel schaute. Feucht und kalt war es hier. Thomas schritt hastig in den Gang, den Blick auf den Boden geheftet, bückte sich und hob an einem Ring mit Mühe eine Falltür. Sie war lange verschlossen gewesen, Käfer und Würmer regten sich in Menge. Eine steile, schmale Steintreppe gähnte in das Schwarz hinunter. – Er war schon halb hinabgestiegen und sah sich nach Alexander um, der, besorgt um seine gute Kleidung, zauderte. – »Wenn du nicht kommst, so findet er uns!« rief er halblaut, ungeduldig. Da stieg er nach, und Thomas schloß die Platte über seinem Kopf, nachdem er sich mit einen Blick nach außen überzeugt hatte, daß der Vetter nicht zu sehen war.

Finsterste Nacht umfing sie. Thomas faßte seine Hand und zog ihn vorsichtig tastend vorwärts. – Sie befanden sich in dem Grundgemäuer des Hauses; uralte Kellergewölbe, die seit undenklichen Zeiten nicht mehr benutzt wurden, lagen hier. Kein Fenster ließ einen Schein hinein; wer es nicht wußte, ahnte nichts von ihnen. – »Bück dich«, sagte Thomas leise, »es kommt ein Loch.« Wieder faßte er seine Hand; der Gang wand sich im Bogen. Dumpf klangen ihre Schritte, unwillkürlich tastete seine Hand in die Luft, als wolle sie die Decke greifen. Endlich blieb er stehen; Alexander lauschte in das Dunkel; er hörte ein ununterbrochenes leises Geräusch wie siedendes Wasser. Es waren Thomas' Finger, die die Wand abstreiften, um etwas zu finden. Er suchte nach einer fensterartigen Vertiefung. Dunkel entsann er sich, daß da ein Platz war, wo man sich setzen könne.

»Ich will wieder hinauf«, sagte Alexander. – »Warte doch«, entgegnete Thomas im Flüsterton, erschreckt durch das Geräusch; »gleich habe ich es gefunden.« Und wirklich zog er Alexander neben sich. Eine Weile saßen sie ohne Worte. Leise begann die Totenstille in Thomas' Ohr zu summen, seine offenen Augen blickten in vollkommene Nacht, mit leisem Schauer atmete er die dunstige uralte Luft. Dicht neben sich wußte er ein Wesen, dem das alles altvertraut war. Und doch – waren das nicht Träume, die er selbst ersonnen? Fühlte er nicht deutlich, daß Alexander dies alles gleichgültig, ja fast feindlich war? Daß sein Schicksal mit dem Hause nicht im mindesten zusammenhing? – Er fühlte es sehr wohl, er sah es mit seiner wachen Seele, alle Bilder und Gebilde zerronnen vor ihrem Tagesblick; aber immer wieder schlossen sich die Schatten über ihr, und in ihnen tauchte Alexanders Gestalt empor, rein und makellos.

Mehr und mehr versank er in Träumerei, es zerlöste sich sein Denken, das Bewußtsein seiner selbst ging auf in dem Raume um ihn, in den Mauern, die er fühlte und nicht sah, in dem ganzen ungeheuren Bauwerk, das träumend die Jahrhunderte vorüberziehen ließ.

Alexander wollte mehrere Male etwas sagen, aber Thomas drückte seinen Arm, und so verstummte er wieder. Endlich aber hielt er es nicht länger aus; er erhob sich und sagte, er müsse jetzt nach Hause. – Thomas tastete die Wände ab, wieder schritten sie weiter, es mußte nun bald eine Tür kommen, die nach oben führte. Aber er fand sie nicht. Nur ein einziges Mal war er hier unten gewesen. – »Ich finde sie nicht«, flüsterte er. »Findest du sie nicht?« Da besann sich Alexander, zog eine Schachtel Streichhölzer aus der Tasche und entzündete eins, das im selben Augenblick wieder verlosch. Wie eine Vision erschien und verschwand seine Gestalt vor Thomas' Augen. Aber das nächste brannte länger, und nun leuchtete er Thomas voran. Die Wölbungen erdämmerten finster über ihnen. – Die Fäden an den Decken sind noch schwärzer geworden, dachte Thomas, indem er zu ihnen aufsah, wie sie, herabhängend, sich leise hin und her bewegten, als sie unter ihnen hindurchschritten. Die niedrige Tür öffnete sich mit Mühe. Sie bückten sich und stiegen nun eine gewundene Steintreppe empor, bis sie an eine verschlossene Tür gelangten. In der Ferne summten Stimmen. – »Können wir nicht hinaus?« fragte Alexander besorgt. – »Nur noch einen Augenblick!« bat Thomas leise. Endlich pochte er gegen das Holz, erst sanft, dann lauter. Die Stimmen kamen näher, kleine Schritte wurden hörbar. Thomas klopfte stärker, sie entfernten sich mit Angstgeschrei. – »Es sind nur arme Leute«, sagte er, im Dunkel errötend, denn er sprach nicht gern davon. »Sie wohnen hier im letzten Flügel.« – »Nun denken die Kinder, wir wären Geister«, meinte Alexander und lachte. Ein Schritt schlurfte heran. Eine weibliche Stimme fragte, wer da sei. – Thomas nannte seinen Namen. Es mußte nun zur Köchin geschickt werden und dann zu Frau Elisabeth selbst, da man den Schlüssel nicht gleich fand. Thomas stellte sich vor, wie jemand hinüberging, nicht über den Hof, wie es das natürlichste war, sondern über den Dachboden, als seien sie hier in dem obersten Teil des Hauses. Eine Frau war es, unhörbar leise schreitend, in langem, weißem Kleide, und er ging mit ihr. Jetzt war sie dort, wo der Weg sich verengte, wo die ungefügten Schlote aus dem Boden wuchsen und nur schmalen, torartigen Durchlaß gewährten, und nun ging sie wieder weiter, und die Menschen im unteren Stockwerk wußten nichts von ihr. – Da hörte er wirkliche Schritte; ein Schlüssel fuhr mit unerbittlichem Geräusche in das Schloß, es knirschte, als werde einem lebenden Wesen der Hals abgedreht, die Tür öffnete sich, er stand im fahlen Tageslichte, das brausend, blendend auf ihn eindrang. Schweigsam schritt er mit Alexander über den Hof; als wäre es selbstverständlich, gingen sie ins Haus; und erst jetzt fiel ihm mit einem Schlage der Vetter wieder ein. Aber er war nicht einmal sonderlich erleichtert, als er hörte, der sei inzwischen mit seinen Eltern wieder fortgegangen. Ihm war traurig, leer zu Sinne, und seine gedrückte Stimmung ward noch erhöht durch einen Blick von seiner Mutter, die nur aus Rücksicht auf die Anwesenheit seines Freundes ihm Vorwürfe ersparte über seine Ungezogenheit gegen den Vetter, der doch sein Gast gewesen war. – Es war ihm auch nicht unangenehm, daß nun Ursula doch Alexander kennen lernte; ja, als sie Spiele vorschlug und einleitete, war er innerlich erleichtert, zumal er sah, wie Alexander jetzt sichtlich auftaute, über ihre Einfälle lachte und sich wohler und behaglicher zu fühlen schien als all die Zeit vorher. – Da wurde auch Thomas anders. Er nahm teil an allem und freute sich, daß sein Freund so vergnügt schien. Aber in seinem Innern war ein Riß; er fühlte sich verlassen, zurückgestoßen, und war froh, als er hinausgeschickt ward, um sich seine Hände zu reinigen. Ehe er sie ins Wasser tauchte, sah er sie lange an. – Das ist nun, dachte er, Staub, der da unten schon viele hundert Jahre gelegen hat. – Er berührte den kleinen Finger leise mit der Zungenspitze, und die starke Vorstellung ließ ihn schwindeln. – Dann sah er aufmerksam zu, wie sich das Wasser über seinen Händen blauschwarz färbte, geradeso wie das Wasser, das hinter dem langen Lattenzaun vorbeifloß. – Er trat zum Fenster und sah hinaus, nach Westen zu, über die Büsche, hinter denen ein kalter, bläulicher Himmelsstreifen leuchtete. Die Sonne war gesunken, vom Turm her tönte eine leise Glocke. Jetzt saßen die anderen vorn im Zimmer, lachten und warteten auf seine Rückkehr. Klar und unerbittlich sah Thomas die Wirklichkeit. Und trotz allem wich nicht die schimmernde Gestalt vor seiner Seele. Es *war* Alexander – und er war es *nicht*.

Grübelnd, inbrünstig grübelnd sah er in den Himmel, dessen fahles Licht verglomm. Langsamer ward der Ton der Glocke, in Zwischenräumen schlug sie mehrmals doppelt an, dann einmal noch, dann noch einmal, und endlich verhallte auch der letzte Ton.

O nur noch *einmal*, o nur noch ein einziges Mal! dachte er flehend, aber stumm lag der Himmel, und leise fröstelte es ihn.

Thomas und Alexander sahen sich nun öfter, es bildete sich endlich ein regelmäßiger Verkehr zwischen ihnen. Nie mehr führte Thomas ihn in den Gängen, in den Zimmern des Hauses umher; er sprach nun zu ihm wie zu jedem anderen, und Alexander, der Thomas' ganzes Wesen etwas eigentümlich fand, war mit der Änderung sehr einverstanden. Er kam gern, zumal auch Ursula meist da war und stets Interessantes wußte.

Thomas' Gefühl hatte sich in den äußersten Winkel seiner Seele zurückgezogen, anscheinend tot, in Wirklichkeit lebendiger denn je. Für ihn gab es nun *zwei* Alexander, den, den er kannte, und den, den seine Sehnsucht sich geschaffen hatte. Der letzte war der wirkliche, der wirkliche dagegen nebensächlich, ja eigentlich nur störend. Der Verkehr mit ihm fiel ihm schließlich nur zur Last. Unausbleiblich kam jedesmal der Augenblick, wo sich leise ein unverstandenes Mißbehagen auf ihn legte, wo Gespräch und Spiele stockten; und die Stimmung des dämmernden Sonntagabends, dem wieder eine ganze Schulwoche folgte, machte das Unglück doppelt drückend. Schließlich ward ihm Alexander geradezu die leibhaftige Verkörperung des langweiligen Sonntagnachmittags. – Hoffentlich kommt er heute nicht und holt mich! dachte er um drei Uhr. Dann läutete es schon. – Endlich weigerte er sich mitzugehen. Stillschweigend und bleich legte er sich auf das Sofa: Der gepflegte Garten, der fatale Vater, dem Alexander ähnlich sah und dem er deshalb ohnehin nicht wohlgesinnt war, die schrecklichen älteren Brüder mit den langweiligen blonden Gesichtern, bei deren Anschauen er an kalten Kalbsbraten denken mußte – die unvermeidlich um sechs Uhr vierhändig den Militärmarsch spielten, der Diener mit der Gartenspritze, die kleinen, wohlgeordneten, wohlgeglätteten Räume mit ihrem beklemmenden Geruch von gewachstem Parkettboden, die furchtbare Kaffeestunde in der Familie, ja selbst der Gesang der Drosseln, der viel ordentlicher klang als der zu Hause, und endlich der Gang über die heiße, schattenlose Straße am Nachmittag, zwischen den sonntäglich gekleideten Menschen, deren Schritte auf dem Pflaster hallten – alles dieses schwebte entsetzlich peinigend vor ihm. – Zunächst erreichte er mit seiner Weigerung nur, daß Alexander aufgefordert wurde, dazubleiben. Am nächsten Sonntag aber mußte er doch in das Haus des Kaufmanns gehen. Er griff zur Selbsthilfe und las ein Buch. Alexander nahm notgedrungen ebenfalls eines. – »Dazu braucht ihr euch nicht einzuladen«, sagten die Eltern und nahmen die Bücher weg.

Jetzt weigerte sich Thomas, den Verkehr fortzusetzen.

Frau Elisabeth hätte zwar diesen Freund für ihren Sohn nicht schwer verschmerzt, aber er war der einzige, den er überhaupt hatte, und wenn sie überdachte, wie tief und heimlich er ihn einst geliebt, so füllte sie der Gedanke mit Kummer, wie schnell und leicht diese Liebe nun verflogen war. – Sie hatte verschiedene Aussprachen mit ihm. – »Ist er nicht immer gut gegen dich? Wenn er langweilig ist, so liegt das ebensoviel an dir!« Ein andermal meinte sie, er sei launenhaft; und als Thomas, des eingebildeten Alexanders gedenkend, leise überströmend sagte: »Ich habe ihn genau so lieb wie früher, ja noch viel lieber!« erschien er ihr ganz rätselhaft, wie er trotzdem den Kopf halb hilflos, halb entschieden, schüttelte, als sie ihn aufforderte, ihn dann doch einzuladen.

So endete ihr Verkehr in Wirklichkeit. Thomas spielte wieder allein im Garten, und Frau Elisabeth sah halb mitleidig die Wohnung an, die er – scheinbar für sich allein, in Wirklichkeit aber für sich und Alexander – im tiefsten Innern der Gesträuche zimmerte, und in die er endlich die große, alte Hausglocke hing, da die altmodische Einrichtung durch einen elektrischen Apparat ersetzt ward.

Nun war Alexander fort; nichts störte mehr, mit ihm allein zu sein. Von allen irdischen Schlacken gereinigt, schimmerte sein Bild wie ehedem. Thomas fühlte ihn, wenn er im Garten war, er fühlte ihn, wenn er die hohen, düsteren Räume durchschritt, er fühlte ihn, wenn er abends mit offenen Augen in seinem Bett lag. Dies Gefühl stand um ihn als etwas *Wirkliches*, es verschmolz mit seinem Wesen, es durchdrang ihn ganz. Den wahren Alexander suchte er zu vergessen, sein Bild, das sich oft störend zwischen seine Gedanken schob, fortzudrängen. So wollte er ihn sehen, und so sah er ihn, wie er ihm einst im Traum erschienen war, in jenem rätselhaften Traum am Morgen seiner Genesung, als er mit schon wachen Augen ihn noch immer sah, wie er ferner und ferner schwand, durch jenes Bild hindurch, das hoch über seinem Bette hing. Oftmals sah Thomas vor dem Einschlafen zu ihm hinauf, als müsse sich sein trüber unbestimmter Schimmer verdichten, als *müsse* die entschwundene Gestalt durch seinen Rahmen auf ihn niederschauen. Diese Sehnsucht ward immer stärker in ihm.

So lag er eines Abends wieder. Regungslos sah er empor zu dem Bilde, auf dem ein letzter Schein der Abendröte dämmerte.

Da ward ihm wunderbar zu Sinn; er richtete sich halb im Bette empor und sah zu ihm hinauf, wie jemand, im Hellen stehend, in ein nahes Dunkel blickt, in dem es rauschte.

Plötzlich richtete er sich ganz in die Höhe, trat zum Fußende des Bettes, auf seine breite Brüstung, faßte einen Haken in der Wand, zog sich daran empor, streckte den freien Arm nach oben, ergriff das Bild und trug es hin zum Fenster.

6.

Es war nicht mehr dasselbe Bild: Ernst blickte auf ihn, ernst und unverwandt ein Knabenkopf, wie er nie einen sah.

Thomas stand regungslos; dann warf er sich seitwärts auf die Sofalehne und vergrub das Gesicht in seine Hände. Es rieselte auf ihn herab, es durchtränkte ihn mit nie gekanntem, zartem und doch starkem Rausche: Ein Ausruhen nach langer irrer Fahrt, ein Versinken auf weichem, mächtigem Flügelfittich. Leise und unaufhaltsam rannen seine Tränen. Glück und Unglück strömten ineinander und mischten sich zu einem Neuen, das nicht das eine noch das andere war.

Langsam hob er den Kopf empor. Mit zager Inbrunst sah er auf das Bild, das den dunklen Blick schweigend auf ihn gerichtet hielt. Aus zarter Spitzenkrause wuchs der schlanke Hals, kostbar gesteppter, bläulicher Seidenstoff umschloß die breite Brust. Wie aus buntem Staub zusammengeweht erschien das Bild. Die Dämmerung wich dem Abend, es dunkelte sich mehr und mehr, und wie er sich darüber neigte, drang ein leises, leises Klopfen an sein Ohr, es pochte drinnen wie ein feiner Pulsschlag. Mit scheuer Hand strich er über das Glas, wie wenn er einen lebenden, träumenden Menschen berühre.

Er hing es leise an seinen alten Platz zurück; unkenntlich, trübe sah es auf ihn nieder.

Nun wußte er, warum das alles war; niemand sollte es erkennen, sein Wesen war Geheimnis und nur ihm gelüftet. Wer war es, und woher kam das Bild? – Die erste Frage – nichts in der Welt hätte ihm die Antwort umstoßen können. Aber woher kam sein Bild? – Er lag in Grübeln versunken, da trat Frau Elisabeth leise herein, ihm gute Nacht zu sagen. Er ließ sie nicht aus seiner Umarmung, denn die Frage brannte in ihm. Mehrmals setzte er zu einem Worte an, ohne daß sie es bemerkte, und endlich überwand er sich mit heimlicher ungeheurer Anstrengung. »Was ist das für ein Bild?« sagte er mit halber gelassener Stimme, und deutete kaum merklich empor. Sie antwortete: »Ein Knabe ist es, hast du ihn noch nie gesehen?« – Er war enttäuscht, daß sie es wußte, beeilte sich zu nicken und fürchtete, sie könne es von der Wand herabnehmen und ihm zeigen wollen. – »Wenn man es nicht wüßte«, fuhr sie fort, »so sähe man es kaum. Früher hing es dicht über deinem

Bett, als du ganz klein warst und noch in der Ecke schliefst. Damals sah man es besser. Dein Vater wollte es ganz entfernen, da es so blind sei und man nichts darauf erkennen könne. Mir aber war es eine Erinnerung an deine früheste Kindheit, ja an die Zeit, eh du geboren warst und an die ganze Zeit von damals überhaupt, als ich dich erwartete; und ich war im Grunde einverstanden damit, daß es nun hoch hing und man es nicht mehr erkennen konnte.« – Sie schwieg betroffen, denn sie redete zu Thomas fast wie zu sich selbst. – »Ehe ich geboren war?« fragte er leise. – »Damals sah ich es zum erstenmal. Durch Zufall fand ich es, verstaubt und versteckt in einer Bodenkammer. Gott weiß, wem es gehörte und wie es dorthin gekommen war. Dein Vater erinnerte sich nicht; es muß vor langen Jahren im Hause einmal vergessen worden sein. Ich aber nahm es herab, denn mir tat der arme Junge leid, daß er all die Jahre da oben allein gewesen war.« – Thomas richtete sich etwas auf: »Sagst du das im Ernst?« fragte er in leisem Staunen. – »Ich meine, hier unten war ein besserer Platz für ihn, weil hier die Sonne scheint.« – Thomas sank wieder in das Kissen zurück und hörte nicht mehr auf seiner Mutter Worte. Über ihn lief eine Kühle und dann ein warmer Strom, wie Schatten und Lichtmassen über einen großen, windstillen Wald.

Er schwieg; und als sie fragte, ob er müde sei, nickte er nur leise.

Lange lag er allein mit offenen Augen. Das Haus, das Bild, er selbst – alles verklang zu einem Einzigen. Eine große, wundervolle Stille breitete sich über ihn; wie ein unbeweglich stiller, nächtlicher See, in dem der Himmel mit dem Mond sich spiegelt, ruhte seine Seele.

Aber dann durchriß ihn tiefes Weh, wenn er der verflossenen Zeiten dachte, seines unbewußten Treubruches an dem, den er, ohne es zu wissen, schon all die lange Zeit geliebt, den er ahnte, ohne daß er ihn je sah, der aus Nacht und Dämmer zu ihm herabgekommen war, der all die Jahre schon auf ihn herniederschaute, der ihn erwartete, der ihm Zeichen gab, der ihm im Traum erschien, dem er, ohne es zu ahnen, all seine Rechte, all seine Heiligtümer nahm; er häufte sie auf einen anderen, auf ihn, dem nichts, gar nichts von allem zukam, der fremd und kalt dort draußen stand, er drang ihm seine Heiligtümer auf, der sie zurückwies, der ihm den Rücken kehrte, und dem er sie auch dann noch nachtrug, den er auch dann noch mit ihnen schmückte, ohne sehen zu wollen, daß sie zu Boden glitten, daß er mit dem Fuß über sie hintrat.

Glühende Scham drang ihm aus allen Poren. Wie, wie war das alles möglich? Leuchtend, unvermittelt trat ihm jene Erinnerung vor die Seele, wie einst Alexanders Gestalt ihm fern entschwand, wie er ihn noch zu sehen glaubte und sein Blick, ohne daß er es wußte, auf dem Bilde ruhte. Und für die Dauer eines Blitzes zerriß der Schleier vor seinem Grübeln. Wie dem nächtlichen Wanderer sich die Bahn, durch die sein Fuß sich tastet, im Wetterstrahl erhellt und im nächsten Augenblick in finsteres Nichts zurücksinkt, so stand in Thomas' Seele die Gewißheit in traumhafter Helle, unfaßlich klar. Doch die Vision erlosch, ehe er sie halten konnte. Schauernd blickte er empor zur Wand, sein Auge suchte das Dunkel zu durchdringen, das Bild zu finden; er fand es nicht mehr; aber er wußte, es sah auf ihn herab, auch durch das Dunkel. –

Thomas war wie umgewandelt; alles Suchen und Tasten hatte nun ein Ende; alle Unsicherheit war geschwunden, alles Nebelige, Zwielichthafte zerstört, er lebte wieder voll in der Wirklichkeit – freilich in einer ganz anderen Wirklichkeit, als die der anderen war. Er saß in seinem Gärtchen neben dem kleinen Springbrunnen, den er einst selber angelegt; er horchte auf das leise Plätschern, und es war in Wirklichkeit das Geräusch einer fernen, ungeheuren Fontäne mitten in dem Garten. Die leuchtenden Perlen wurden zu Kristallbällen, die sich in den Himmel schleuderten und nicht mehr zurückkamen. Urwaldartig wuchs der Garten, die Nachtviolen wurden zu Riesenblüten, die Marienblumen drehten sich als Sonnenräder, der Goldlack schoß als Pappel empor, die blauen Glockenblumen wiegten sich als Turmglocken an schwanken Stämmen hoch oben in der Luft, und Falter mit leuchtenden Segeln ließen sich auf ihnen schaukeln. In der Mitte des Gartens aber glomm ein dunkles Dickicht, in dem kein Wind wehte, in dem es still war. Und dort saß der, dem das alles zu eigen war, durch seine Finger rannen funkelnde Rubine, die er vors Auge hielt und achtlos wieder fallen ließ. Sie wurden zu Purpurströmen, auf denen die Sonne glitzerte, ein Rauschen ging durch den Garten, golden war das ganze riesige Haus, alle Fenster waren weit geöffnet, und ein einziger, unsichtbarer Strom flutete durch sie, flutete durch den Garten und durch Thomas selbst. Es knirschte und knackte in dem Innern des Hauses, und Thomas wußte: Es dehnte und reckte sich. Ungesehen durchzog es unterirdisch eine ungeheure Achse, und wenn man die berührte, so erwachte es. Niemand konnte sie finden, aber sie war da. Nur einer kannte das Geheimnis, und Thomas wußte davon aus einem Traum. Er wußte jetzt auch den Namen jenes Einen: Zwischen Traum und Halbwachen sprach oder hörte er ihn.

Mao – – schrieb er nieder und starrte den Namen an wie eine Zauberformel. Dann entzündete er ihn schnell und ließ ihn verbrennen, um ihn wieder aufzuschreiben und wieder zu verbrennen. Endlich versuchte er, die drei Zeichen so auf- und übereinander zu schreiben, daß der Name für andere unkenntlich ward; und nun begann er dieses magische Symbol auf die Wände des Hauses aufzutragen, zunächst in seinem Schlafzimmer, ganz verborgen und klein, in einer Ecke. Dann auf dem Dachboden, darauf im Keller, alsdann im Saal, im Wohnzimmer, im Arbeitszimmer seines Vaters, ja endlich gab es keinen Raum im ganzen Hause – soweit er von ihnen wußte –, der nicht das Zeichen trug. Auch von dem Garten nahm er Besitz, denn er vergrub ihn in der Mitte des kreisrunden großen Rosenbeetes, das genau im Mittelpunkt lag. – Das Gold und Silber, das ihn an Alexander erinnerte, ward aus dem hohlen Holunderbaum herausgeworfen, heimlich in den Küchenherd gestopft und da verbrannt. Der Name Mao aber ward, geschnitzt in eine kleine Holztafel, in den Baum versenkt. Nun endlich enträtselte sich ihm auch das Wappenschild: Es war das Innerste von Maos Namen, das, was nach beiden Seiten hin geschützt, nur Eingeweihten sein Geheimnis offenbarte. Und wie Thomas über den Namen nachsann, der fremdartig und weich war, fand er ihn mit einem Male, umgestellt, im Herzen seines eigenen Namens wieder. Nun war er ihm ganz zugehörig; noch mehr: Einer war in dem anderen; – eine geheimnisvolle Kraft durchdrang ihn. Nun fühlte er sich als den Meister des Hauses; es lag in seiner Macht, es zu verändern, so wie es früher gewesen war: Er zauberte.

Am vollen Mittag stellte er sich mitten in sein Zimmer, nachdem die Tür abgeschlossen war, und sprach dunkle Worte, wie sie ihm in den Sinn kamen. – »Sibu«, das hieß: Der Wind soll kommen und durch die Fenster blasen, daß Musik entstehe. »Wuho!« das hieß: Das schwarze Wasser hinter dem Gartenzaun soll aufsteigen und das Haus umzingeln, daß es uneindringbar werde. Das mächtigste Wort aber bedeutete: Die Welt soll verschwinden, nur das Haus soll da sein. Und während er diese Worte sprach, glaubte er fest, daß alles geschehe, so wie er es wolle, nur daß er selbst es nicht sehen und nicht hören konnte. Mao aber sah und hörte alles und wußte noch viel mehr Worte als er selbst, Worte, über die er nachgrübelte, ohne sie zu finden, die Unerhörtes bedeuteten, Unerhörtes, dessen Riesenschatten zurückwich und sich zerlöste, wenn er den Blick seines Bewußtseins darauf richtete. –

Dann wieder faßten ihn Zweifel, wenn er etwa ein Wort sprach, das bedeutete: Der alte Turm soll sprechen! und unerschütterliches, unerbittliches Schweigen um ihn wuchtete, während er erwartend auf den feierlichen, finsteren sah. Und einmal stand er nach dem Regen in dem Garten, vor einer kleinen, dunklen Wasserlache, in der sein Spiegelbild vollkommen schwarz erschien. Und obgleich er wußte, es war nur eine Wasserlache, so wußte er auch: Es wurde ein unendlich tiefer See, wenn er sich mit dem Kopf voran in ihn hineinstürzte. So stand er vor ihm, wollte tun, wozu ihn sein Glaube trieb, und immer wieder hielt ihn etwas zurück. In solchen Augenblicken überkam ihn eine tiefe Traurigkeit, ein grauenvolles Gefühl, das, wenn es andauerte, ihn hätte versteinern müssen: Die dunkle Ahnung des Nichts, der leere, gespenstische Blick der Wirklichkeit.

Aber er schob die Schuld auf sich: Wenn er den Turm nicht sprechen hörte, wenn auf seinen Befehl der Boden nicht zu sinken begann, um ungewisse, versunkene Stockwerke von früher an das Licht zu bringen, wenn die Wurzeln der uralten Linde unter dem Boden, auf dem er stand, nicht zu pochen begannen, um zu bekräftigen, daß der Baum einst von Mao als zartes Reis gepflanzt war, wenn das Wappenschild unter dem Dach im Dunkel nicht erglühte, wenn die schwarzen, lautlosen Fledermäuse in ihrem irren Flug nicht plötzlich innehielten und starr in der Luft standen, um zu beweisen, daß alles, was er dachte, wahr sei: Dann fühlte er: Nur sein Glaube war nicht stark genug, oder, wenn er es war, so reichte seine Fassungskraft nicht an das Wahrnehmen des Wunders.

Einmal trat er vor Maos Bild; er wollte ihn lebendig zaubern; aber das Wort, das sonst von selbst kam, ohne daß er es suchte, stellte sich nicht ein. Da erschien ihm sein Unterfangen frevelhaft, vermessen. Tagelang verließ ihn nicht ein Gefühl von Schuld und Scham, ein peinigendes, quälendes Gefühl der Erniedrigung, daß er Mao nicht mehr in die Augen blicken konnte.

Seiner Umgebung entfremdete er sich mehr und mehr. Nie wieder sprach er von dem Bilde, in Gegenwart anderer sah er es nicht einmal an. Es war unausbleiblich, daß sein verändertes Wesen auffiel. Mit fremd leuchtenden Augen kam er zu Tisch, antwortete nicht, wenn ihn sein Vater anredete, und fuhr erst empor, wenn man laut seinen Namen nannte. In der Schule ward er nachlässig, die Strafzettel mehrten sich. Frau Elisabeth suchte den Grund herauszufinden für seine Änderung, aber er wich bei jedem näheren Wort zurück, und ihm heimlich nachzugehen, ihn zu belauschen, diesen Gedanken wies sie als unwürdig vor sich und ihrem Sohne ab, obwohl der Justizrat sagte, es sei ein jedes Mittel zu ergreifen, wenn es sich um das Wohl der Kinder handele.

Ursula hatte sich nie sehr um ihren Bruder gekümmert, sie war stets viel zu sehr mit anderen Dingen beschäftigt. Und mit was für Dingen! Halb in Mitleid, halb in Verachtung blickte Thomas auf sie. Ihre neueste Schwärmerei war eine große Puppe, die ihr vor kurzem ihre Mutter schenkte, da sie fand, daß Ursulas Gedanken sich viel zu ausschließlich um sich selber drehten. Wenn Thomas, von Maos Bilde kommend, auf dieses Wesen stieß, das mit ewig gleichem, frohem Erstaunen, mit halbgespreizten Armen lebendig entseelt ins Leere lächelte, erschien ihm Ursula selber wie seelenlos.

Übrigens dauerte ihre Leidenschaft nicht lange. Daß die Puppe immer denselben Kopf behielt, mißfiel ihr, sie begann, ihr phantastische Trachten zu nähen, kleidete sie bald als Wickelkind und bald als Dame, bald als beides zugleich, bog ihr alle Gelenke nieder und behauptete, sie sei ein Hund, trommelte auf den Tisch und ließ sie tanzen, und prügelte sie endlich nur noch. Frau Elisabeth sah dem Treiben nicht mit Freude zu. Ursula aber sagte: »Es ist doch nur eine Puppe.« Dann klopfte sie mit dem Finger an den kleinen Kopf und sagte: »Hohl!« Und von der Zeit an nannte sie sie nur noch »Hohlkopf«, bis ihre Mutter endlich empört dem Unwesen ein Ende machte, indem sie vor Ursulas Augen Puppe, Kleider und Zubehör in einen großen Kasten packte, um alles zusammen einem armen Kinde zu schenken, das mehr Freude daran haben würde. Ursula sah ruhig zu, die Hände verschränkt auf dem Rücken haltend, ja sie holte noch einiges Vergessene herbei, und mit Händen und Zähnen verknotete sie endlich den schon geschnürten Kasten. Und wie sie alles so verpackt sah, bedauerte sie, der Puppe ein Bein ausgerissen zu haben, was Frau Elisabeth als ein Zeichen von Reue ansah. Sie wollte, überzeugt, daß sie sich Besserung vorgenommen und nur zu stolz sei, um zu bitten, ihr entgegenkommen, aber Ursula lachte, verhinderte sie am Wiederauspacken und sagte, sie sei froh, das Geschöpf los zu sein. – In solchen Augenblicken fühlte Frau Elisabeth sich wie gelähmt, und fast etwas wie Feindschaft stieg empor zwischen ihr und ihrem

Kinde. Ursula aber merkte dergleichen nicht; fast in dem Augenblicke, wo sie gescholten wurde, stellte sie oft unbefangen Fragen, die sich schon wieder auf eine neue Sache bezogen, so daß Frau Elisabeth ihr ganzes erzieherisches Besinnen nötig hatte, um ihr richtig zu begegnen. Strafen verfingen bei ihr nicht; sie nahm sie alle auf sich mit bescheidener Miene, wie etwas Selbstverständliches, das nun einmal zum Leben gehört, das lästig ist, aber ertragen werden muß. – Wie schade, dachte ihre Mutter zuweilen, daß sie kein Knabe wurde, und Thomas nicht ein Mädchen!

Maos Bild war Ursula verschlossen. Ein wonniger Schwindel überlief ihn, als sie einmal zu ihm sagte: »Wenn so ein Bild über meinem Bette hinge, das überhaupt kein Bild ist, dann würde ich es einfach forttun!«

So verlor er mehr und mehr von seinem Mißtrauen und ward sorgloser. Wie aber bereute er es später! Als er einmal ahnungslos in sein Zimmer trat, um eine Blume zwischen Bild und Wand zu schieben, stand Ursula davor, bewegte den Arm wie einen Taktstock und murmelte halblaut: »Hokuspokus, hokuspokus.« Das Blut stockte ihm. Er wußte sofort und ohne Vermittlung, daß sie ihn verhöhnen wolle, daß sie auf irgendeine Weise in sein Geheimnis drang. – »Nun, Thomas«, rief sie, »es begibt sich ja gar nichts? Ich will, daß da oben was erscheinen soll, aber es kommt nichts.« – Sie begann wieder mit ihren Bewegungen, immer schneller, daß ihr Oberkörper mitpendelte. – Da trat er auf sie zu, zog sie langsam und stark empor und führte sie, die nicht wußte, was er vorhatte, hinaus, verschloß die Türe hinter ihr und sah mit brennenden Augen durch das Fenster über die Büsche hinweg zum Himmelsrande, ohne auf die Tür zu achten, die in plötzlicher Empörung dröhnte und zitterte, ohne seiner Schwester Antwort zu geben, die endlich mit der Drohung fortlief, sie sage alles ihrem Vater. – Er wußte, nun geschah etwas Schreckliches. Wie im Traum ging er herum. Gegen Abend ward er ins Arbeitszimmer des Justizrats gerufen. Es wurde ihm eröffnet, er solle zu Ostern bereits in die zweite Klasse des Gymnasiums aufgenommen werden. Er werde viel zu arbeiten haben, und das sei gut. Sein Vater selbst wolle ihn unterrichten, und da er des Tages beschäftigt sei, so habe er hierzu die frühen Morgenstunden ausersehen. Thomas würde ihn künftig auf seinen gewohnten Spazierwegen begleiten. Und abends habe er ihm jedesmal eine schriftliche Arbeit vorzulegen. Mit dem Bummeln sei es nun ein für allemal zu Ende. Zu was sein Umherträumen und Herumdämmern führe, habe er ja nun gesehen, und als vernünftiger

Junge müsse er sich schämen, solchen aberwitzigen Unsinn zu treiben, wie Ursula ihn an der Tür behorcht habe. Er glaube doch wohl nicht im Ernste, daß ein Bild etwas anderes sei als eben nur ein Bild, und daß ein Mensch zaubern könne? – Und da Thomas nicht antwortete, wiederholte er seine Worte, die ja eigentlich gar keiner Antwort bedurften, mit plötzlicher Nähe als direkte Frage. Und Thomas sagte: »Nein«, da er fühlte, diese Antwort war besser als jede andere. – »Ich verbiete dir dergleichen Blödsinn ein für allemal!« fuhr sein Vater fort, »und wenn ich je dergleichen wieder merke, so geschieht etwas, das dich nicht freuen soll! Du brauchst mich nicht so anzusehen; du weißt, daß alles, was ich tue, stets nur zu deinem eigenen Besten geschieht. Das zu begreifen bist du alt genug. Reiß dich los aus deiner Weichlichkeit. Wir sind nicht auf der Welt, um zu träumen, sondern um zu arbeiten. Und die Eltern haben die Pflicht, ihren Kindern alle Hindernisse aus dem Wege zu räumen.«

Als Thomas zu Bette ging, war Maos Bild verschwunden. Die Stelle, wo es hing, zeichnete sich als dunkleres Viereck gegen die Wand ab.

Die Entdeckung seines Geheimnisses, die Entfernung des Bildes, alles erschien ihm als ein fürchterlicher Traum. Nachts riß es ihn aus seinem Schlaf, und am nächsten Morgen war alles noch ebenso unfaßbar. Zu Hause beherrschte er sich, aber auf dem Weg zur Schule war es mit seiner Fassung aus. Der Lärm der Schüler in den Klassen klang gespenstisch, die Lehrer, alle Menschen überhaupt erschienen ihm wie Schatten; zu Hause stand er wieder vor dem leeren Viereck, das einzige, was ihm von Maos Bild geblieben war.

Frau Elisabeth war tief erschreckt über die Erschütterung, die in Thomas' Wesen durchklang. Sie hatte nichts geahnt von seiner Liebe für das Bild; daß es ihm nun genommen war, erschien ihr grausam, und sie drang in ihren Mann, es ihm zurückzugeben. Daß Thomas nie – auch jetzt nicht – zu ihr darüber sprach, schmerzte sie; es schmerzte sie, daß er keinen Schutz bei ihr suchte. Wie tief und zart sein Gefühl sein mußte, sah sie erst, als er bei ihrem leisen, liebevollen Tasten scheu zurückwich, so daß sie sich fast zudringlich erschien. – Der Justizrat aber lachte und schüttelte den Kopf: »Gib acht«, sagte er, »in ein paar Tagen ist das alles vorbei.« – Und wirklich schien es so. Eines Tages hatte Thomas lange vor dem Fleck gekniet, der nun Maos Bild vertreten mußte, und als er endlich aufstand, fühlte er sich gefestigt und getröstet.

Wie wenig Glauben hatte er bis jetzt gehabt! Als ob sie dadurch, daß sie Maos Bild ihm nahmen, ihm Mao selbst genommen hätten! Das Bild war fort, aber Mao selbst war nun allgegenwärtig. Und das Haus stand um ihn, fest und ruhig und wie immer. Mao hatte es nicht verlassen; das fühlte er mit unerschütterlicher Stärke; er brauchte nicht einmal zu zaubern, ja seine ganze Zauberei erschien ihm jetzt beinahe kindisch, so deutlich empfand er die starke Wirklichkeit. – Ursula sagte voll kindlicher Genugtuung, das Bild sei nun verbrannt. Er antwortete ihr gar nicht: er wußte es besser. Wäre es verbrannt worden, dann wäre er nicht so ruhig, dann wäre irgend etwas mit ihm und mit dem Haus geschehen. Verschlossen war es irgendwo, und es war ihm beinah gleichgültig, den Platz zu erfahren. in dem Augenblick, wo andere von ihm Besitz nahmen, veränderte es sich. Er war nicht einmal böse auf seinen Vater, auch nicht auf Ursula, die doch an allem die Schuld trug. Er empfand eher etwas wie Mitleid für beide.

Eine große Ruhe überkam ihn, er wurde heiterer, wie es schien, und umgänglicher im Verkehr mit Ursula und seinen Eltern. Frau Elisabeth wunderte sich über seine anscheinende Gelassenheit; ihr kam wieder in den Sinn, wie schnell er einst Alexander vergaß, nachdem er ihn so schwärmerisch geliebt, und sie fragte sich vergeblich, in welche unbekannten Gegenden all das, was er an Wärme und Innigkeit besaß, entströmte. Zuweilen erschien er ihr wie seelenlos, und zuweilen nur wie Seele.

Die angekündigten Vorbereitungen für die neue Schule wurden nun wirklich wahr. Thomas, der bis jetzt allein geschlafen hatte, ward in das Schlafzimmer seines Vaters quartiert.

Ein sonderbares Gefühl war es, als er, durch ein Geräusch aus erstem Schlaf erwachend, die Augen öffnete und im Kerzenlichte seinen Vater im Nachtkleid am Bette stehend seine Uhr aufziehen sah. Er hing sie an das kleine Gehäuse, die Kette glitt mit leichtem, körnigem Klirren nieder. Darauf zog er die schönen, funkelnden Ringe von den Fingern; einer fiel zu Boden, er bückte sich, ihn aufzuheben, und Thomas sah ihn voll Verwunderung an. Er erschien ihm mit einem Male wie jeder andere Mensch. Ehe er sich niederlegte, wandte er sich zufällig zur Seite, und Thomas, der ihn durch seine scheinbar geschlossenen Lider betrachtete, sah, wie er für einen kleinen Augenblick überrascht schien. Offenbar hatte er vergessen, daß sein Sohn nun bei ihm schlief. Thomas schloß sogleich die Augen ganz und lag so eine Weile, bis er ein kurzes, energisches Blasen vernahm, und sie wieder öffnete, mit dem Gefühl, als habe ihm jemand ungreifbar eine schwarze Kappe über den Kopf gezogen.

Nun war alles ganz still. Regelmäßig tönten die Atemzüge von dem anderen Bette her; Thomas lauschte lange; er fühlte deutlich, daß sein Vater schlief. Wie sonderbar das war! Er selbst lag stets eine lange Zeit mit offenen Augen.

Nun schläft der Herr des Hauses! dachte er, und zugleich stieg ihm die Gewißheit auf, daß Maos Herrschaft jetzt begann:

Unhörbar flogen alle Türen des Hauses auf, lautlos schritt er durch alle Räume, und ein fernes, leises Klingen ging durch sie, flimmernde Töne, die keine Töne waren: feinste Silberfäden, feiner als Spinnweben, die wie zarte Nebelschichten als Oberfläche eines dunstlosen Meeres still dahinzogen. Und das geheimnisvollste war: Mao trug eine weiße Laterne, und doch war es etwas anderes: ein schimmerndes Ding, das er sich seitwärts gegen das Gesicht hielt; eine weiße Scheibe; doch nur die letzten Ränder leuchteten; er sah die Stirn- und Nasenlinie, Mund und Kinn als schmale, milchweiße Bänder glühen. So zog er lautlos den Gang hinab. Thomas war ganz wach; deutlich hörte er seinen Vater atmen. Er war Maos Feind, er hatte Besitz von Maos Reich genommen und sein Bild verbannt. Und doch wußte er von alledem selbst nichts; er würde den ausgelacht haben, der es ihm sagte. Trotzdem war es so; er hatte den untrüglichen, gewissen Glauben. – – Wieder sah er die schlanke, unhörbar schreitende Gestalt, an der alles dunkel war außer der Gesichtslinie, die als ein weißes, formenvolles Band im Dunkel schimmerte. Zuweilen nahm er die Scheibe herab, dann verlosch sie gleich, in größerer Ferne schimmerte sie wieder, matter und matter, dünner und scheinartiger, bis er sie nicht mehr sah. –

Am nächsten Morgen erwachte er in aller Frühe und wunderte sich über die gelbe Helligkeit im Zimmer. Sein Vater lag im Bett, neben ihm standen fünf brennende Kerzen; in der Hand hielt er ein Buch und las. Wie lange mochte er wohl schon gelesen haben? Und was las er? Thomas dachte, daß es ein böses Buch sei, ein schlimmes. Durch einen Spalt der Vorhänge schimmerte die Morgenröte, fern und still. Nicht der leiseste Laut war vernehmbar, bewegungslos blickte der Justizrat in das Buch vor seinen Augen. Zwischen Decke und Kissen hindurch sah Thomas auf ihn hin wie von einer fernen Warte. Was dachte jetzt wohl sein Vater? Ob Thomas es wohl verstehen würde, wenn er es ihm sagte? Und ob er wohl später einmal dasselbe denken würde? – Die Lichter waren tief herabgebrannt, zarte Zäune krönten sie im Rund, wie kleine Galerien die Spitzen ferner schornsteinartiger, weißer Türme. Jetzt schlug er eine Seite um, es war die erste Bewegung, die Thomas vernahm in dem schweigenden, kalten Morgen. Die Kerzen wehten leise, hie und da bildeten sich Breschen in den Galerien, die Stäbe fielen nieder und zerlösten sich.

Auf einmal sah der Justizrat mit einer raschen Wendung des Kopfes zu Thomas hinüber, und gleich darauf blies er fünfmal in schneller, kurzer Folge, sprang mit leichtem Satze aus dem Bette, trennte die Gardinen, daß kaltes, helles Licht hereinfiel, und weckte Thomas, der sich schlafend stellte. Mit ödem Gefühl erhob er sich; als sie später allein im halbhellen Saal ihr Frühstück nahmen, saß er mit ganz verschlossenem Herzen, ja mit Verstocktheit, und nahm sich vor, wenn sein Vater von Mao zu reden begänne, ihm mit keiner Silbe zu antworten. Aber offenbar hatte der Justizrat das Bild schon lange wieder vergessen, denn er gedachte seiner mit keinem Worte. Thomas betrachtete ihn langsam wieder mit seinen Tagesaugen, und nun fühlte er sich nur noch befangen vor ihm.

Sie schritten zum Haus hinaus, die noch unbelebte Straße hinauf, die zum Stadttor führte; an Alexanders Haus vorbei, dessen oberes Stockwerk verhängt war, während im unteren der Diener die Fenster öffnete. Da oben lagen sie alle zu Bett, die ganze elende Familie! Thomas stellte sich die lange Fensterlinie als ein einziges Schlafzimmer vor, mit einem einzigen, viel Ellen breiten Bett, darin lag die gesamte Gesellschaft, wie strangulierte Füchse, mit spitzen Schnauzen und heraushängenden Zungen, die säuberlich auf dem hochgezogenen weißen Deckbett glänzten.

Der Justizrat ließ ihm aber keine Zeit zu solchen Betrachtungen; er mußte all seine Gedanken anspannen, wie sein Vater ihn nun in die Anfangsgründe des Lateinischen einführte, die verschiedensten Abschweifungen machte und doch immer gleich wieder zur Hauptsache zurückkehrte, während Thomas' Gedanken sich dann jedesmal in Nebel verlieren wollten. Zwischendurch deutete er mit dem Stock auf diesen und jenen Baum, fragte nach dem Namen, und es zeigte sich, daß Thomas nicht das geringste wußte, wenn jene Bäume nicht auch zufällig daheim im Garten standen. – Sie schritten die Landstraße hinab; vor ihnen und zu beiden Seiten lag das Flachland; kleine ziegelrote Dörfchen in Nähe und

Ferne, ernste Wälderstreifen am Horizonte, alles überschimmert von dem nebeligen Schein der Frühsonne. Ein frischer, kühler Wind drehte die riesigen Flügel der Mühlen, die weithin verstreut lagen, und summte verloren in den Telegraphenstangen, die sich den Landweg hinabzogen. Auf einmal erblickte Thomas den Mond am Himmel, glanzlos weiß, durchbrochen, wie eine Scheibe halb aufgetauten Eises. Und ohne daß er wußte, wie es kam, war ihm, als sei es das entwichene verblaßte Licht des Nachtgestirnes, das als Töne durch das Holz der Telegraphenstangen wehte – verworren, alt und heimatlos. Eine tiefe Traurigkeit ergriff ihn mehr und mehr, eine verwehte, dumpfe Sehnsucht. Wieder dachte er an Mao. Oder hatte er schon die ganze Zeit an ihn gedacht? – Er wußte es nicht. – Sein Vater sagte, er sei zerstreut, und fügte hinzu, er habe nun für heute morgen genug gelernt, außerdem müsse er frisch sein für die Schule, morgen würden sie weiter fortfahren.

Als sie zu Hause anlangten, saß Ursula erst am Frühstückstisch. Es war die Zeit, wo man sich zum Schulgang rüstete. – »Siehst du«, sagte der Justizrat, »wie schön es ist, frühmorgens aufzustehen. Was haben wir beide alles zusammen gesprochen und gesehen, während deine Schwester noch im Bette lag und schlief! Der Tag ist so kurz oder so lang, wie man ihn sich macht. Wie wundervoll war es da draußen in der Morgensonne!« – So sprach sein Vater, und er hatte nicht den kranken Mond gesehen, der einsam und verlassen am Himmel stand.

Als Thomas zur Schule ging, fand er ihn nicht mehr; zu viel Häuser ragten um ihn herum, vielleicht war er auch gar nicht mehr da.

Am Abend brachte er seinem Vater die verlangte schriftliche Arbeit, am nächsten Morgen ward sie mitgenommen und durchgesprochen.

So ging Thomas nun jeden Tag mit seinem Vater in der Frühe hinaus, und machte Fortschritte in den Wissenschaften; denn der Justizrat hatte eine frische, lebendige Art zu lehren, das Gelehrte in ihm wachzuhalten und durch Kreuz- und Querfragen zu befestigen. Wenn sie dann heimkamen und durch die hohe, dämmerige Diele die niedrigen, breiten Treppen emporschritten, so war es Thomas zuweilen, als beginne sich leise etwas Fremdes zwischen ihn und etwas anderes zu schieben, etwas anderes, das er nicht mit Namen nennen konnte, aber das unzertrennbar mit dem Hause verbunden war.

Eines Abends saß er allein in seinem Zimmer und starrte auf die Wand, an der einst sein Bett gestanden hatte, auf den Fleck, wo einst

Maos Bild hing. Er zauberte sich seine Züge vor die Seele, es wollte nicht gelingen; er konnte sie nur noch ahnen, aber nicht mehr sehen. Eine große Unruhe erfaßte ihn. Er wollte und mußte Maos Bild sehen. Wo war es? Grübelnd starrte er auf das dunkle Viereck an der Wand. – Dieselbe Nacht erwachte er an einem Traum: Er hatte ihn gesehen, groß, seinen ganzen Körper, mit einer Deutlichkeit, die über den gemalten Schein hinausging. Aufrecht hatte er gestanden und mit traurigen Augen unbeweglich auf ihn geblickt. – Wo hatte Thomas ihn gesehen? Mit seiner ganzen Kraft dachte er nach; und plötzlich stand der Raum vor ihm – jenes geheimnisvolle Zimmer, in dem der riesige Kamin stand, dessen Schlot als schwarzes Loch nach oben führte.

Thomas kämpfte mit einem Entschluß; endlich erhob er sich leise, schlich zu dem Tisch an seines Vaters Bette, tastete, bis er eine Kerze fand und Zündhölzer, und verließ den Raum.

Kalte Nachtluft stand in dem leeren Gange, seine Füße gingen wie auf Eis; aus Vorsicht hatte er sie unbeschuht gelassen. Schwarzgrau blickten die leeren Fenster aus der Höhe nieder, der Gang lag wie in Totenstarre.

Jetzt bin ich der einzige, der wach ist! dachte er und erschien sich selber wie ein Geist; er wunderte sich, daß er gar keine Furcht empfand. Dann ging er weiter, setzte Fuß vor Fuß, und obgleich er fühlte, daß er vorwärts schritt, schien es doch, als ginge er immer auf derselben Stelle.

Jetzt erst zündete er seine Kerze an. Der nächste Türwirbel blinkte tückisch schon von weitem, als erwarte er ihn lange. Thomas streckte seinen Arm aus, und wie er das kalte Messing berührte, war seine Furcht dahin. Jetzt stand er in dem Eßzimmer. Auch hier war es nicht geheuer. Die Reste des Abendtees standen noch auf dem Tische, die Stühle waren verschoben, es hatte den Anschein, als ob noch eben Menschen hier gesessen und beim Geräusch der Türklinke sehr schnell und sehr behutsam sich auf den Zehen in die Mauer zurückgezogen hätten und unsichtbar nun spähten, was da käme. Mißtrauisch blickte er auf die Wände. Innerlich eilend schritt er doch langsam durch den Raum, und wie er die nächste Tür jetzt öffnete, fühlte er sich halb in Sicherheit. Aber auch nicht lange.

Er war im Vorzimmer; nach allen Seiten führten Türen; es schwirrte von unhörbaren Tritten. Schnell und leise trat er in den Wohnraum.

Von weitem warf der hohe Spiegel schweigend sein eigenes Bild zurück; er sah sich aus der Ferne, im weißen Nachtkleid, die Kerze in der Hand.

Er mußte an dem Spiegel vorbei. Zögernd schritt er nach vorn, sein Bild kam ihm lautlos entgegen. Nun stand er dicht vor ihm, er fürchtete sich vor seinen eigenen Augen, die ihm fremd und geisterhaft entgegenblickten. Die Stille summte ihm im Ohr – da knackte es laut hinter ihm. Das Blut jagte ihm zum Herzen, jäh starrte er in die Dämmerung, die sich allmählich vor seinen Blicken etwas lichtete. – Totenstille lag um ihn. – War es das alte geschnörkelte Sofa, der große dunkle Sessel, der wie erstarrt dort in der Ecke wuchtete, oder war es das Haus selbst, das sich dehnte? Die große Achse fiel ihm wieder ein, die es ungesehen durchzog. Unter seinen nackten Sohlen strich es leise wie mit Fingerspitzen. – Schnell ging er durch die nächste Tür, am Schreibtisch seines Vaters vorbei, und endlich öffnete er zögernd die letzte.

Er war am Ziel; dies war der Raum, in dem er Mao sah. Fast leer gähnte er wie ein ungeheurer hohler Würfel. Sein Licht flackerte und warf ungewisse Schatten.

»Mao«, sagte er halblaut, »bist du da?« – Fremd schlugen seine Worte an sein Ohr. – Er lauschte. – Totenstille antwortete ihm.

»Mao«, sagte er, »hast du mich gerufen?« – Unbeweglich lag der Raum.

Da schritt er auf einen hohen, dunklen, flachen Schrank zu und öffnete: Mao blickte ihm entgegen.

Das Licht entfiel seiner Hand und verlosch, er riß das Bild zu sich und preßte es mit beiden Armen im Dunkel an seine Brust. Alle Furcht, alle Angst war zergangen, er war geborgen und geschützt, heimisch und heimlich war das Unheimliche, die Nacht, die ihn mit Schrecken füllte, mütterlich und gnadenvoll.

Maos Bild begann im Wappenschilde unter dem höchsten Giebel zu ergrimmen, Traumklänge strahlten von ihm aus, unerreichbar schwebte es in höchsten Fernen, in weißer Glut, stille Lichter blinkten aus Tausenden von Fenstern; ohne daß er das Bannwort sprach, war die Zauberformel Wirklichkeit geworden: Die Welt verschwand, indem das Haus zur Welt ward, beherrscht von Maos nächtlichem Gestirn.

So kauerte er einsam in der Nacht, in tiefster Dunkelheit, allein mit einem stummen, geheimnisvollen Wesen, das ihm das teuerste auf der Weit war, im Herzen des alten Hauses, dessen langsam sterbende Seele noch einmal aufflackerte und in ihm menschliche Gestalt gewann, in ihm, der es nicht wußte, der seinen unverstandenen Schmerz und seine Todesahnung in das Sinnbild eines verschollenen Knaben trug, das ihm zum Höchsten wurde, und der doch fühlte in halbaufgetanen Bildern, daß über alles das hinaus riesenhaft ein anderer, tieferer Schmerz wehte über dem Abgrund einer verklungenen Welt, deren Schein noch ahnungsvoll aus der Tiefe zuckte.

7.

Als er erwachte, dämmerte der Tag. Gefühllos schob er Maos Bild, das ihm im Schlafe halb entglitten war, zurück an seinen Platz, lautlos schlich er sich in seine Kammer, in sein Bett. Er wußte nichts mehr von sich, bis ihn sein Vater am Arme rüttelte. Er erhob sich, ohne aufzuschreien, stumm und hastig kleidete er sich an.

Auf diesen Morgen folgte der nächste, dann kam wieder einer, und schließlich lief jeder Tag so hin wie alle vorhergehenden und alle nächsten. Vom Spaziergang ging es in die Schule, von der Schule nach Hause, am Nachmittag in den Garten, wo ihn seit einiger Zeit um drei Uhr ein Turnlehrer erwartete, den der Justizrat kommen ließ, damit Thomas sich in seiner freien Zeit beschäftigte, wie es seiner Gesundheit am zuträglichsten wäre, und dann ging es wieder an die Arbeit. Er hatte sich vorgenommen, für Mao in den alten Kellern des Hauses, in denen er einst mit Alexander war, einen Altar aus Steinen zu erbauen und darauf das Harz, das er im Sommer von den Bäumen sammelte, zu verbrennen, aber er fand die Zeit nicht, oder wenn er sie fand, so unterließ er es dann doch, weil er fürchtete, es würde alles hinterher nur um so schrecklicher sein, wenn er wieder hinaufstiege in die Zimmer, an seine Arbeit. Der Justizrat sprach die zuversichtliche Hoffnung aus, Thomas werde ihm zu Ostern Ehre machen und der Schule zeigen, daß er der Sohn seines Vaters sei. Und Thomas' Bemühungen wuchsen, als nun auch Ursula an den Spaziergängen teilnahm.

Eines Morgens stand sie wartend vor der Tür und schloß sich ihnen wie selbstverständlich an. Schweigend-pfiffig ging sie nebenher und hörte zu, wie Thomas geprüft ward. Er sah beim Hersagen mit einer unbehaglichen Empfindung auf ihr Profil, das so stumpf und doch so scharf aussah, wie ein wachsamer Hund, der, scheinbar in stummer Ruhe, im nächsten Augenblick aufspringen und bellen wird. Manchmal stockte ihm das Gedächtnis, dann verzog sich ihr Mund, ihre Augenbrauen wurden spitz, als lausche sie auf das, was nun zutage kommen werde. Auf dem Felde aber war ihre Selbstbeherrschung plötzlich gesprengt. Sie umtanzte die beiden, indem sie, ohne sich zu unterbrechen, mit großer Geschwindigkeit, sonderbar betont, alle Formen sämtlicher fünf Deklinationen hersagte und bei der letzten Form mit plötzlichem Rucke stehenblieb, die Zungenspitze langsam hin und her bewegte und, ihrer Richtung folgend, abwechselnd auf ihren Vater und auf Thomas schielte. Thomas starrte sie an wie ein Wunder. – Sie hatte sich schon vor Wochen ein Verzeichnis der Bücher verschafft, die man in der untersten Klasse des Gymnasiums braucht, und sogleich begonnen, die lateinische Grammatik auswendig zu lernen. Sie wollte dies Geheimnis um keinen Preis lüften und sagte: »Ich weiß noch viel mehr, aber ich sage nicht, woher.« Durch ein paar rasche Kreuzfragen ihres Vaters war die Sache bald geklärt. Und Ursula tat Thomas leid, wie sie nun so schlicht dastand, mit halb enttäuschtem, stummem Gesicht, auf dem noch eben die Röte der Freude lag, und mehr noch, als ihr Vater, der sie aufmerksam betrachtete, plötzlich unvermittelt hinzufügte: »Höre, Ursula, du solltest besser acht auf deine Kleidung geben; es hängt alles so an deinem Körper, du siehst beinah verwahrlost aus.« – Das tat sie nun in Wahrheit nicht; Frau Elisabeth würde den Worten widersprochen haben. Daß ihre Kleider schlotterten, schien unvermeidlich, da sie in den Jahren der Entwicklung war.

Sie lernte von nun an eifrig mit, und da sie begabter war als Thomas und eine leichtere Fassungskraft besaß, so stellte der Justizrat auch unwillkürlich höhere Forderungen an ihn, verweilte nicht mehr so lange bei einer Erklärung und sagte: »Ursula hat es doch gleich begriffen!« Und er fragte, ob sie nicht später studieren wolle, was sie erfreut bejahte. Doch den Gedanken ihrer Schauspielerei wollte sie darum nicht aufgeben; und beides vereinigte sich in ihrer Vorstellung recht wohl, indem es ihr nicht allzu schwierig schien, tagüber sich mit wissenschaftlichen Arbeiten zu beschäftigen und abends dann immer noch in den größten Rollen aufzutreten. – »Thomas ist dann unser Theaterrechtsanwalt!« fügte sie hinzu, da sie vermeinte, er wolle Jurist werden; das hatte er ihr kürzlich einmal gesagt, nur um ihre Fragerei loszuwerden und um zugleich in ihren Augen zu steigen. – »Möchtest du Jurist werden?« fragte der Justizrat überrascht. Thomas nickte, indem er dachte: Ich brauche es ja noch nicht gleich zu werden! – Er wußte nicht, welche Freude er mit diesem scheinbaren, ihm aufgedrungenen Wunsche seinem Vater antat. Von dem Augenblick an heftete der Justizrat wärmere Blicke auf ihn; Thomas begann sich wohler zu fühlen, wenn er mit ihm zusammen war; und doch beschlich ihn oft eine stumme Traurigkeit, wenn er bedachte, wie nun alles anders sei als früher, und wie es immer mehr anders werden würde.

Der Herbst war angebrochen; in graue kalte Dämmerung ging es nun hinaus; unabsehbar nebelig und trostlos lag das Flachland, und die öden Häuser an der Landstraße sahen aus, als seien sie gestorben. Wie Thomas sich fürchtete vor diesen Häusern! Nackt und unbeschützt ragte eines in gemessener Entfernung von dem anderen, erst nur in seinen Umrissen sichtbar, allmählich deutlicher vortretend in dem Nebel. Kleine Handlungen und Bäckereien lagen in ihrem Erdgeschoß, verwaschene Schilder starrten über den Türen, und Glocken von unnennbarem, ödem Wimmern unterbrachen die Stille, wenn die Menschen, schon geschäftig in der Frühe, aus und ein gingen. Dieselben Gestalten mit denselben kleinen Hundewagen schlichen an jedem Morgen um die gleiche Zeit um die gleichen Ecken, das ganze Leben erschien so trostlos, daß es unbegreiflich war, wie man es trotzdem aushielt. Und um dieselbe Zeit ging der Justizrat zu Hause in sein Arbeitszimmer und Thomas in die Schule. Um dieselbe Stunde erwartete ihn am Nachmittag der Turnlehrer in dem Garten, und während er versuchte, an den Geräten die vorgeschriebenen Übungen zu machen, sah er hoch oben im Himmel die Scharen ferner Vögel, die das Land verließen. Abends war er so müde, daß er sich nur auf sein Bett freute und den Weg durch die Zimmer, durch den langen Gang wie jeden anderen machte, ohne an etwas anderes zu denken als an die erledigten Aufgaben. Und wenn er wirklich um sich sah, so erschien ihm alles nüchterner als früher; er wußte nicht, woran das lag. Maos Bild hatte er seither nicht wieder gesehen; mehrere Male wollte er den dunklen Raum aufsuchen, aber am Tage hielt ihn die Furcht zurück, sein Vater könne dazukommen und ihn schelten – und sie lebten doch jetzt so gut zusammen! –, und nachts erwachte er nicht mehr aus seinem Schlafe. Hätte ihn wenigstens die angestrengte Arbeit und die Gewißheit, daß er vorwärtskam, gefreut! Aber er tat alles wie für einen anderen. – So war er im tiefsten Innern traurig, so traurig, wie er noch nie in seinem Leben war; und um so größer war seine Trauer, als es nichts gab, was alles hätte ändern können. Das Haus schien wie gestorben – ebenso wie jene dort draußen auf der Landstraße – und er grübelte und sann, welch schreckliches Geheimnis hier verborgen lag.

Noch *ein*mal hatte er eine nächtliche Vision. Da stand er oben auf dem Turm, und – als seien die letzten Zeiten nicht gewesen, so lag das Haus dort unten vor ihm, wie in den Tagen seines reichsten Glückes. Nagende Sehnsucht hinterließ ihm dieser Traum, und die schweren Massen, die auf seiner Seele lagen, wurden leichter, denn irgendeinen Ausweg, so fühlte er, mußte es in diesem Irrsal geben. In leisen Wogen flutete der alte Glaube zurück in ihn. – Wenn ich nun wirklich auf den Turm stiege und hinabsähe – zweifelnd sah er über den Garten weg empor zu ihm. Der ragte unerschütterlich wie immer. Der hatte sich nicht geändert; durch alle Jahrhunderte hatte er stumm auf das Haus herabgeblickt, auf das Leben in der Tiefe, hatte gesehen, wie alles sich langsam veränderte, bis nun seit zwei Jahrhunderten auch das Haus in unveränderlicher Ruhe zu ihm aufsah. Und vielleicht hatte er noch Mao selbst gesehen, wie er durch den Garten schritt. Schutzsuchend blickte Thomas zu ihm auf. Seine Hoffnung ward immer stärker, und am nächsten freien Vormittag machte er sich auf den Weg, vom Haus ab bis zur nächsten Straßenecke hinkend, denn es konnte ihn vielleicht jemand vom Fenster sehen; er hatte gelogen, sein Fuß schmerze ihn, denn turnen wollte er diesen Nachmittag nicht. Wie er um die Ecke gebogen war, hinkte er noch immer, er wußte selber nicht warum. Schon bei der nächsten Gasse hatte er die Richtung verloren. Er mußte fragen, und man wies sie ihm. Eng war die Straße; sie gehörte zum ältesten und innersten Teil der Stadt, den Thomas, dessen Schule und Spazierwege nach anderer Richtung lagen, kaum kannte, nur jenseits des Gartens hinter Büschen, Lattenzaun und Wasser in größerer Tiefe ahnte. Alte Häuser mit Erkern gab es hier, mit Fenstern, die nie geöffnet zu werden schienen, hinter denen man dunkle, dickwandige Räume ahnte. Schlecht und holperig war das Pflaster, und aus den Türen drangen abgestandene Gerüche. Die Straße lag ganz im Schatten, und doch war blauer Himmel, und die Sonne schien auf Giebeln und Dächern. – Vor einem Torweg, dessen Flügel weit nach innen geöffnet waren, gab es ein Hindernis; ein großer Wagen, beladen mit Fässern, ward von starken Pferden stampfend herausgezogen. Gleichgültig blickte Thomas hinein und hinkte weiter, aber mit einem Male blieb er stehen, ging in seiner gewöhnlichen Gangart zurück und trat leise in den Hof ein. – Jenseits des kleinen, unscheinbaren

Gartens ragte in größerer Höhe eine dunkelgraue lange Mauer, auf deren Rücken ein schwarzer Lattenzaun sich dehnte; und hoch darüber legte sich über die Buschreihen hinweg in der Ferne ein bekanntes Dach. Er schritt noch weiter in den Hof hinein. Da gewahrte er mit einem Male dort, wo der Lattenzaun nach rechts hin endete, eine große Wand, die er noch nie im Leben gesehen hatte. In ihrer Mitte lag eine einzige, radgroße Fensteröffnung. Er stand einige Augenblicke wie gebannt, dann wandte er sich wieder auf die Straße, mit schnelleren Schritten und mit froherem Herzen, denn er dachte, nun werde er von dem Turm herab noch ganz andere Dinge sehen. – Endlich lichtete sich der Weg, und plötzlich reckte sich der Turm vor ihm, wie ein Riese, der im nächsten Augenblick auf ihn zuschreiten konnte. Fremd und abweisend stand er da, er schien gar nicht derselbe, der sonst so altbekannt-vertraulich zu ihm herübersah, wenn er am Fenster seines Schlafzimmers stand. Er dachte, er müsse gleich wieder umkehren. Und doch, wie er nun emporschaute zur Spitze, die Galerie erkannte und das riesige Rund in seiner Mitte, kam er ihm wieder als sein guter Freund vor. Er versuchte die Eingangstür zu öffnen, erst leise, dann mit aller Kraft, aber sie öffnete sich nicht. Ein Herr, der vorüberging, bedeutete ihm, er müsse hinübergehen zum Küster und den Schlüssel holen. Thomas hatte geglaubt, der Turm würde sich ihm – und nur ihm – ganz von selber öffnen, und nun stand die Wirklichkeit um ihn. Mit innerem Zögern ging er hinüber, entrichtete sein Trinkgeld und wartete mit leisem Mißbehagen an der Tür, bis der Küster mit dem Schlüssel zurückkam. Dann hielt er das große geschnörkelte Ding in seiner Hand – er fühlte, wie schrecklich dieses Ganze sei – aber nun mußte er hinauf.

Mit Mühe öffnete er, langsam drehte sich die dicke, eisenbeschlagene Tür, und jetzt stand er, abgeschlossen von der Welt, im feuchten, kühlen Innern. Eine schmale Steintreppe führte in fortwährenden Wendungen empor; rastlos schritt er aufwärts und sah öfters in die Höhe; er meinte, es müsse doch endlich einmal *hohl* werden über ihm, denn er konnte sich nicht denken, daß es immer so weiter gehe. Endlich war die Treppe zu Ende.

Er stand auf einer kleinen Plattform. Ein schmaler dicker Spalt führte wie ein riesiges Beil ins Freie, in die Luft. In mäßiger Tiefe lagen die Dächer der Häuser. Dieselben Knaben, die er vorhin im Spiele an der

Kirchenmauer sah, schritten jetzt still nebeneinander über den Platz. Das Rollen der Wagenräder klang gedämpft herauf.

Er wandte sich zurück und schritt einen gewundenen Gang entlang, der mit einem Male in einen ungeheueren, deckenlosen Raum führte, an dessen Wänden eine Holztreppe unabsehbar nach oben leitete. In der Mitte war ein viereckiges, von Holzgeländer umgittertes großes Loch. Vollkommene Stille war ringsum. Nur die Treppen schienen in lautloser Bewegung Thomas voranzusteigen. Er trat hart ans Geländer und sah hinab. Unten war so schwarze Finsternis, daß er nicht das geringste erkennen konnte. Er blickte aufwärts, und in ferner Höhe sah er in der Dämmerung eine vollkommen runde, schwarzglimmende große Scheibe, die im Nichts zu schweben schien, wie ein Deckel über einem unsichtbaren Gefäße. Mutig schritt er empor, immer weiter, so daß er endlich gar nicht mehr wußte, daß er ging. Durch sonderbar geschweifte Löcher, die in Wirbeln beieinander lagen, schoß das Tageslicht, mehr und mehr formten sie sich in Riesenbogen, langsam senkten sie sich herab als vollkommenes, kunstvoll durchbrochenes Rund, ein mächtiges Rad, das zu brausen schien und doch so stumm war wie alles andere. Ein gleiches, weniger blendendes lag auf der anderen Seite. Thomas bestaunte es; dann dachte er: Bin ich erst so weit?! Da fiel ihm ein, daß man von einer Stelle des Hauses durch dieses Rund hindurchblicken konnte, aber er fand das kleine Loch nicht, denn von seinem Platz aus konnte er nach beiden Seiten überall hindurchsehen. Und doch suchte er es wieder und wieder, dieses bekannte, kleine, dreieckige Loch, aber alle sahen ihn fremd und abweisend an.

Das, was er von unten als Scheibe sah, erkannte er nun im Emporschreiten als Glocke, und er trat dicht an sie heran.

Das ist nun, dachte er, dieselbe Glocke, die ich mein ganzes Leben lang gehört habe, die schon schlug, ehe meine Eltern auf der Welt waren; vielleicht hat sie Mao noch gehört, oder sie schlägt noch viel länger. – Er lehnte sich über das Holzgeländer und streckte den Arm so weit aus, als er konnte, und klopfte mit dem Finger ans Metall, erst leise, dann stärker; es gab ein wundervolles, zartes Dröhnen, wie aus weiten, weiten Fernen. Und er dachte: So klang die Glocke, als es noch keine Zeit gab. – Und wie er so stand, in Träumerei verloren, da tat die Glocke einen Schlag, so jäh, daß er fast in die Knie knickte. Der Ton verdröhnte, unbeweglich finster blieb die Glocke. Die alten Namen und Jahreszahlen, die auf der Brüstung des Geländers eingeschnitten waren, starrten wie Grabinschriften. Thomas lief beinah die Treppen empor. Hoffnungslos, ohne Ende führten sie nach oben, wenn er noch eben gedacht hatte: Diese ist die letzte, soll wirklich die letzte sein. Er setzte sich auf die Stufen, es schien unmöglich, je bis in die höchste Höhe zu gelangen. Dann schritt er wieder aufwärts, ohne mehr an ein Ende zu denken. Wieder gelangte er auf eine Plattform, wieder stieg er eine kleine Treppe, die sich im Bogen wand, empor.

Mit einem Mal blendete ihn ein kaltes, helles Viereck; frische Luft schlug ihm entgegen, eine Tür stand offen, er schritt hindurch, zögernd, verwirrt. Er befand sich auf der Galerie, die den Turm in seiner Höhe umkränzte.

Im Gefühl des Schwindels schloß er die Augen, kniete nieder und senkte den Kopf vor dem Winde, der nicht stark wehte, aber die Kraft zu haben schien, ihn fortzublasen in die Leere.

Anfangs erkannte er nichts; er wollte nichts erkennen, wollte nicht hinunterblicken. Alles erschien ihm schrecklich, feindlich, fürchterlich. Mit heimlicher Angst sah er auf die Häusermassen, die dicht zusammengedrängt wie ein rötliches Meer erschienen, zwischen denen sich die Straßen wie Fäden zogen, auf denen ein winziges, wimmelndes Getriebe war. Seine Nachtvision trat ihm vor das Auge, er suchte das Haus, den Garten – es *mußte* anders daliegen als alles andere – er fand es überhaupt nicht. – Überall sah er die gleichen Häusermassen, zwischen ihnen verstreute kleine Flecke, die Gärten zu sein schienen, kleinere und größere, und einen, der größer war als die anderen, aber auch noch klein erschien. Seine Augen blieben auf ihm haften, und nun erkannte er ihn, nun erkannte er auch das Haus mit seinen Flügeln, aus dessen Schornsteinen Rauch qualmte wie aus den anderen Häusern. Einförmig lag es zwischen sie eingezwängt, nüchtern und abweisend wie alle anderen.

Die Tränen traten ihm in die Augen. – »Es ist alles ganz anders in Wirklichkeit!« sagte er halblaut, stockend; und er wiederholte seine Worte, um sie vor sich selber zu bekräftigen. Und dann sah er wieder hinab, in Hoffnung, er könne sich getäuscht haben und alles läge doch so wie in seinem Traume. Aber es war genau wie vordem. Er erkannte auch noch anderes: Er sah jenes ganze Gebäude, dessen fensterlose Wand mit den eisernen Ringen so drohend in den Garten blickte, er sah den weiteren Lauf des kleinen dunklen Wassers, das seitwärts in der Tiefe floß. Ich *will* es nicht sehen! dachte er und wandte den Blick hinweg. Eine tiefe Traurigkeit legte sich auf sein Herz. Es ist ganz anders in Wirklichkeit! dachte er abermals.

Voll Unmut schritt er auf die entgegengesetzte Seite der Galerie und sah von dort hinab, auf den Markt hinunter, über den er gekommen war. Die Dächer der Häuser erschienen, fast senkrecht in der Tiefe, platt auf die Erde gedrückt, die Bäume wie gepreßte runde Moose, das Pflaster wie die zarte Schuppenhaut eines Fisches. Zwei Menschen bewegten sich in entgegenkommender Richtung aufeinander zu, schienen sich zu berühren, für ein paar Augenblicke zusammenzukleben, und trieben wieder auseinander, der eine, um sich mit einem neuen Menschen zu verbinden, der andere vor einem Hause stehenbleibend, so wie ein Blatt, das auf dem Wasser treibt, von einem Hindernisse festgehalten strandet und wartet, bis er wieder freikommt.

Thomas sah abwechselnd auf den einen und den anderen, die sich eben noch begegneten, miteinander sprachen, und nun schon wieder ganz Verschiedenes taten und gar nicht mehr aneinander dachten.

»Geschäftsleute.« Dies Wort fiel ihm plötzlich ein, das der Onkel Matthäus so oft gebrauchte, und alle Menschen, die er dort unten sah, erschienen ihm als Geschäftsleute. Und er selbst: Würde er später auch ein Geschäftsmann werden? Später? Er mußte an graue Häuser und Regenhimmel denken. – Früher! Das Wort war Heimat, etwas Kostbares, das ihm zwischen den Fingern zerrann. Oft wenn er abends im Bette lag und müde gähnte, und der geheimnisvolle feine goldene Klang aus weiter Ferne ihm im Ohre flimmerte, dachte er an dieses Wort; dann fiel ihm der lange Gang ein, der stets im Dämmerlichte lag. Und er malte sich aus, wie seine Mutter, sein Vater und alle anderen nicht mehr im Hause wären, wie er das Tor ein für allemal verrammelte, wie er die Fenster, die nach der Straße gingen, für immer dicht verhängte, und es nicht gestattete, daß von außen ein Lichtstrahl in die Zimmer drang, und wie er einsam für sich leben würde, zehrend von den Vorräten, die er in den dunklen Räumen auf dem Boden aufgespeichert hatte und die für sein ganzes Leben ausreichten. Nur Mao blieb für immer bei ihm, und die Bäume wuchsen so hoch und dicht, daß auch vom Turm her niemand auf den Rasen, in die Fenster schauen konnte. Wer aber würde später, nach ihm, das alte Haus bewohnen? – Wenn ich einmal Kinder habe … der Gedanke stockte, und es überfröstelte ihn leise. Wenn ich sterbe, dachte er endlich, ist das Haus auch nicht mehr da.

Von weither tönte eine Glocke, eine zweite aus anderer Richtung setzte ein, eine dritte, eine vierte, alle Töne verbanden sich zu einem Glockenspiel von schwankender Bewegung, neue Stimmen kamen hinzu, da schlug der erste dröhnende Klang von unten auf, wie ein Riesenbeil unfehlbar treffend; wie ungeheure Kugeln schwebten die Töne durch die Luft, und wie der letzte Schlag verklang, sandte die Glocke einen langen Seufzer nach, der sich kräuselnd verdichtete und zum Murmeln ward wie der ferne Hall der wilden Tauben im Abendwinde. Rings am Horizonte erhoben sich pfeifende, klagende, langgezogene Töne, die müde abklangen.

Mittagszeit! dachte Thomas und sah auf zur Sonne, die genau so unbekümmert irgendwo am Himmel stand wie zu jeder anderen Stunde.

Dicht über ihm erklang ein lauter Ton, und wie er hinaufsah, erblickte er ein paar Meter über sich ein Fenster, darin ein rotes Gesicht und ein Instrument aus gelbem Messing. Es war der bekannte Hornruf, den er gehört hatte, und der hier so laut klang. Der Mann rief herunter, ob er zu ihm hinauf wolle, und da Thomas den Kopf schüttelte, kam er zu ihm herab, froh, seine Einsamkeit zu unterbrechen. Er deutete ihm die Messingscheiben mit den Pfeilen und den beigefügten Namen, die rund auf der Brüstung aufgeheftet waren und die Thomas erst jetzt bemerkte. Aber er bezeigte nicht das allergeringste Interesse für sie, ja sie erregten ihm nur ein ödes Mißbehagen. Auch das obere Stübchen wollte er nicht sehen, und erst als der Mann sagte, ein solcher Junge sei ihm noch nie in seinem Leben vorgekommen, ließ er sich bewegen, ihm zu folgen. Oben war alles ganz anders, als er es sich vorgestellt hatte, viel größer und nüchterner. Die Instrumente, die ihm gezeigt wurden, sah er beinah feindlich an, und als der Türmer meinte, er solle doch einmal durch das Fernrohr sehen, auf die Eisenbahnen oder auf die Berge, schüttelte er nur den Kopf. Er hatte jetzt nur noch den einen Gedanken: wieder hinabzukommen auf die Straße.

Ohne sich aufzuhalten, stieg er abwärts, und erst allmählich ward sein Schritt langsamer. An dem großen Rund, am Glockenstuhl ging er vorbei, ohne hinzublicken. Dumpfes Rollen klang von unten, er merkte, wie er zur Erde zurückkehrte. Und als er die dicke Holztür öffnete und vor sich den flachen, warmen Boden sah, war ihm zumute wie dem Seemann, der nach langer Fahrt zum ersten Male wieder Land betritt. Endlos lange war er von der Weit abgeschlossen gewesen. Wie er nun die Straßen hinabschritt, der Turm immer ferner zurückwich, und er endlich in die hohe Diele zu Hause eintrat, fühlte er sich gerettet vor irgendeiner drohenden Gefahr da draußen.

Am Nachmittag fiel ihm jene rätselhafte Hauswand ein, die er, jenseits des Wassers stehend, wahrgenommen hatte, mit ihrem einzigen runden Fenster. Er begann den Raum zu suchen. Er wußte genau, in welchem Teil, in welchem Flügel er ihn finden mußte: Hohe, türenlose Wände versperrten ihm den Weg; er fand ihn nicht.

Abends, als er sich entkleidete, fühlte er in seiner Tasche etwas Großes, Ungewohntes. Es war der Schlüssel zum Turm, den er vergessen hatte abzuliefern. Er trat zum Fenster und sah hinüber. Schwarz und drohend ragte er, als fordere er sein Eigentum zurück.

Er ging hinab zum Garten, drängte sich durch die Büsche bis zum Lattenzaun und warf den Schlüssel hinunter in das dunkle, zähe Wasser.

8.

Es kam der Winter. Die morgendlichen Spaziergänge waren eingestellt, der Justizrat unterrichtete Thomas nicht mehr. Dafür kam nun täglich in den späten Nachmittagsstunden ein junger Lehrer, pünktlich mit dem Glockenschlag. Das Turnen in dem Garten konnte wegen der Kälte nicht fortgesetzt werden, als Ersatz für diese Leibesübungen ward eine Dauerkarte für die Eisbahn gekauft.

Die Schlittschuhbahn lag draußen vor dem Tore. Um ihn her war Frohsinn und Bewegung; alle Menschen erschienen anders, als sie sonst waren; auch ihre Stimmen hatten einen besonderen Klang hier draußen. Sonderbar klang auch die Musik – schlechte, gemeine Musik, wie er empfand – so mitten in der stillen, winterlichen Öde, über die sich ein niedriger grauer Himmel spannte. Er dachte zuweilen, wenn er ein lachendes Gesicht sah: »Wie würde es wohl aussehen, wenn jetzt plötzlich alles andere verschwände und nichts hier herum wäre als das, was doch wirklich da ist?!« – Starr ragten in der Ferne die verschneiten Türme, einer unter ihnen starrer, finsterer, und er scheute sich, den Blick auf ihn zu richten. Mit einbrechender Dunkelheit suchte er Ursula auf, mahnte zum Heimgang, immer dringender, wenn sie an ihm vorbeiglitt mit roten Backen, ohne ihn sehen zu wollen. Dann sagte sie schließlich: »Noch einmal rund herum!« Er begann seine Schlittschuhe abzuschnallen und zu warten, bis es ihr endlich gefiel, nachdem sie noch zehn-, zwölfmal die Runde gemacht hatte, sich zum Nachhausegehen vorzubereiten. Dann schritt er mit müden Füßen neben ihr und ihren Freundinnen, im Schein der spärlichen Laternen, im Klappern der Schlittschuhe, hörte halb auf das, was sie sich erzählten, und dachte an den aufgewärmten Kaffee, der ihn zu Hause erwartete, daß dann der Lehrer kam und daß er dann seine Schularbeiten für den nächsten Tag zu machen habe.

Thomas' Kameraden in der Schule zerbrachen sich nicht den Kopf über Gegenwart und Zukunft, sondern lebten vergnügt in den Tag hinein, einen wie den andern. Auch Thomas hatte – zwar nicht vergnügt – in den Tag hinein gelebt. Die straffe Regel, der er nun unterworfen war, und die Reden seines Vaters, der, um einen möglichst starken Eindruck auf seinen träumerischen Sohn zu machen, ernster zu ihm sprach, als es für Thomas' Jahre paßte, das alles verfehlte seinen Eindruck nicht, und da alle Eindrücke tief auf ihn wirkten, tiefer als auf andere Menschen seines Alters, und da sie auf ihm haften blieben als schweigende Gewalten, so lasteten diese neuen schwer auf seiner Seele und nahmen ganz von ihm Besitz. Er begann, so jung er war, er, der das Gymnasium noch gar nicht betreten hatte, sich als einen Menschen zu empfinden, der Pflichten gegen die Welt hat.

Die Gedanken der Vergangenheit riefen ihn zuweilen noch, aber leise verloren sie an Kraft, mehr und mehr wurden sie zu einem allgemeinen dunklen Untergrund, auf dem das tägliche Leben sich abspielte. Und auch dieser Untergrund war nicht immer da. Es begann die Welt auf ihn zu wirken, so wie sie für die anderen da war. Das Arbeiten bei dem neuen Lehrer nahm eine ruhigere Gangart als bei seinem Vater, der sich in Abschweifungen immer mehr hatte gehen lassen, und Ursula war nun auch nicht mehr dabei. Der junge neue Lehrer wußte ganz genau, was Thomas alles fehle, und wußte ganz genau, daß er dies Fehlende bis Ostern alles lernen werde. Thomas faßte Vertrauen zu ihm und war dankbar, daß er bei ihm arbeiten dürfe. Alles ging nun leichter, und im Verkehr zu Hause ward er umgänglicher, auch mit Ursula, der er trotz aller Unzuträglichkeiten durch ihren täglichen gemeinsamen Gang zum Eise näher gerückt ward. Da er willig ihre Schlittschuhe trug und sich auch Mühe gab, mit ihren Freundinnen zu reden, so ward auch sie ihm geneigter, zumal diese Freundinnen ihn gern hatten. Er ließ sich in ihre Kreise ziehen und wurde endlich eine Art Kamerad von ihnen. Das Eislaufen schien nun nicht mehr so schrecklich wie anfangs; zu Hause, wenn die Freundinnen kamen, lief er nicht mehr weg, sondern sprach mit ihnen, so daß sie zu Ursula sagten, ihr Bruder scheine ja allmählich aufzutauen.

Eines Nachmittags kam Ursula allein aufgeregt vom Schlittschuhlaufen heim. Sie erzählte, auf dem Eise sei ein Junge eingebrochen und ertrunken. Man habe ihn mit langen Stangen aus dem Wasser herausgefischt, eine schwarze Droschke sei angerollt gekommen, und als man ihn da hineingepackt, habe der tote Junge eine große Verbeugung gemacht und die grauen Augen seien weit aufgerissen gewesen. Frau Elisabeth schnellte heftig von ihrem Sitz empor und rief, sie möge schweigen. Ursula blickte sie erschrocken und verständnislos an. – »Es war aber sehr interessant! Er sah wirklich ganz genau so aus!« rief sie, »ganz genau so! Ich will dir zeigen, wie er machte!« Und ehe ihre Mutter es verhindern konnte, sprang sie von ihrem Stuhl empor, riß die Augen auf, der Mund erschien wie der einer Brunnenfigur, die im nächsten Augenblick Wasser speien wird, sie ließ die Arme hängen und sank auf den Stuhl zurück. Frau Elisabeth, unfähig, sich länger zu beherrschen, schlug ihrer Tochter heftig ins Gesicht. Thomas stand starr vor Grauen. Ursula blieb unbeweglich und befühlte ihre Nase, aus der Blut lief. Frau Elisabeth war hinausgegangen. – »Sieh mich doch nicht so dumm an, Thomas!« sagte sie, und ihre Stimme klang genau wie sonst. Still nahm sie ihr Taschentuch. – »Mama ist komisch«, sagte sie nach einer Weile, »auf der Bühne wird doch auch immerzu gestorben, und darüber ärgert sie sich dann nicht, sondern sieht zu!«

Ursula ging selbständig ihren Weg, ohne sich durch jemanden beirren zu lassen, ohne Kämpfe, ohne Trübungen. Thomas wußte das nicht mit seinem Verstande, aber er fühlte es doch durch, und in der Abneigung, mit der er sie ansah, lag etwas beinah wie unbewußter Neid.

In seiner Schule galt er jetzt als etwas Höheres; man wußte, daß er aufs Gymnasium kam und sogar eine Klasse übersprang. Zuweilen sprach er ein fremdes Wort, mit vielsagendem Gesicht, und verschwieg, was es bedeute. Er begann sich wichtig vorzukommen und besser als die anderen, auch als Alexander, der zu Ostern ebenfalls in die zweite Klasse des

Gymnasiums eintreten wollte und ihm doch nur alles nachmachte. So lebte er ganz zufrieden dahin; aber im Grunde seiner Seele lag etwas, das mit dieser Zufriedenheit nicht einverstanden war, etwas, das ihm heimliche Vorwürfe machte, und diese Stimme, die er zu Anfang traurig rufen hörte, ward ihm allmählich beinah lästig. Maos Bild hing eines Abends wieder an seinem alten Platze. Er sah es überrascht an und glaubte im ersten Augenblick nicht anders, als es sei ganz von selbst an seinen Platz zurückgekehrt. Dann schämte er sich fast dieses kindischen Gedankens.

Nun schien alles wieder so wie früher; er hatte Mao zurückgewonnen, wieder sah das Bild wie ehemals unkenntlich auf ihn herab. Aber er empfand nicht die sprengende Freude, die ihn früher spannte nur bei der Vorstellung, es eines Tages an seinem alten Platz zu finden. Immerhin war es nun wieder da, und das schien schließlich die Hauptsache. Und doch peinigte ihn irgend etwas. Dieses dunkle Gefühl suchte er zu beschwichtigen mit dem Gedanken, es sei am Ende doch wohl sein Verdienst, daß Maos Bild zurückkam, denn: Wäre er weniger fleißig gewesen, weniger vernünftig, hätte er stets nur den alten Gedanken nachgehangen und wohl gar das Bild besucht – was unzweifelhaft bemerkt worden wäre –, so hing es sicher jetzt nicht da, so war es ganz gewiß noch immer in dem dunklen Schranke, oder man hätte ihm gar noch ein schlimmeres Schicksal bereitet.

Seine Eltern brauchten es nicht zu bereuen, diese Probe angestellt zu haben. Ursula stand einmal neben ihm in seinem Schlafzimmer und fragte in gutmütigem Spott: »Nun, Thomas, zauberst du jetzt wieder?« und sah lachend zu dem Bilde auf, dessen wirkliches Wesen sie noch immer nicht im entferntesten ahnte. Und Thomas lachte, halb gezwungen, halb natürlich, halb in Unbehagen über das Vergangene, halb in Verlegenheit über die nackte Gegenwart der Frage, die ihm doch wieder einen leisen Stich gab. Wie Ursula das Zimmer verlassen hatte, sah er stumm zu Maos Bilde auf, das vollkommen unkenntlich oben an der Wand hing. So dunkel hatte er es noch nie gesehen. Es fiel ihm ein, daß er sich schon seit langem vornahm, ihm einen kleinen Altar zu bauen, aber schnell setzte er in Gedanken hinzu, daß er das bis jetzt ja gar nicht konnte, da es zu gefährlich war. Aber nun wollte er es nachholen und dadurch Mao zeigen, daß er ihm noch immer das teuerste auf der Welt sei.

Am nächsten Nachmittage in der Dämmerung schwang er sich leicht hinauf aufs Bett, nahm das Bild herab, verbarg es unter seinem weiten Mantel und lief die Treppe hinunter, nicht einmal in großer Angst vor seinen Eltern, denn ihm war gar nicht zumute, als täte er irgend etwas, das sie sehr beunruhigen würde. Der Weg über das Hinterhaus in die dunklen Keller war ihm zu beschwerlich – es liegt ja dicker Schnee über der Falltür, und man kann da jetzt überhaupt nicht hinein! – so dachte er, und er lief mitten in den Garten, stellte das Bild auf die steinerne Sonnenuhr, deren Metallplatte er notdürftig reinigte, dann pflückte er in aller Eile kleine Zweige vom nahen Lebensbaume, legte sie darunter und zündete sie an, und jetzt erst sah er, und eigentlich nur zufällig, auf Maos Bild. Aber er kehrte den Blick sogleich gezwungen wieder fort. Er sammelte noch Reisig, da die Zweige des Lebensbaumes nicht recht brennen wollten und nur leise qualmten. Mit innerer Ungeduld verbrannte er ein Zündholz nach dem anderen, und dachte endlich: Es ist zu feucht oder zu windig hier. Er trug das Bild wieder hinauf; er vergaß sogar es zu verbergen, und erst als es wieder an seinem Platze hing, fiel ihm dies Vergessene ein. Er tröstete sich, daß er wenigstens versucht hatte, ihm jene Feier zu bereiten, und dachte, im Frühjahr sei es immer noch Zeit, sie in besserer Weise zu wiederholen. – Frau Elisabeth sah seinem neuerlichen langsamen Wandel mit doppeltem Gefühle zu. Sie stimmte der Freude ihres Mannes bei, der sich nicht genug tun konnte zu betonen, jener Wechsel sei eine Wirkung seiner Kunst. Thomas sei nun ein Junge wie jeder andere. Daß er viel zu arbeiten habe, schade nichts, im Gegenteil: Nun erkenne er erst recht den Wert der Erholung und genösse sie viel freudiger und bewußter als früher, wo er *nur* Erholung gekannt habe, schlaff gewesen sei und auf ungesunde Bahnen geleitet worden wäre. – Sie sagte sich mit dem Verstande, daß ihr Mann recht habe; und doch schien es ihr, als sei es früher schöner gewesen, wo Thomas faul und träumerisch war und seine Augen einen Ausdruck hatten, den sie jetzt vergebens in ihnen suchte. Aber Thomas selbst schien sich in dem neuen Zustand wohler zu fühlen, und das war schließlich die Hauptsache. Auch daß er sich nicht mehr so von der Familie zurückzog, daß er abends nach Tisch nicht gleich verschwand, sondern sich neben seinen Vater setzte, oder mit Ursula zusammen war, daß seine Seele nicht in ganz anderen Gegenden irrte, wenn sie selbst zu ihm redete, daß er ihre Zärtlichkeit nicht mehr so scheu vermied wie früher – es war nicht anders möglich, als daß dies alles ihrem Herzen wohltat und daß sie schließlich dachte, alles sei so, wie es jetzt war, besser, selbst wenn er manchmal Dinge sagte, die nicht aus seinem Innern kamen.

Zu Weihnachten brachte er ein ausgezeichnetes Zeugnis heim, und sein Vater überschüttete ihn mit Geschenken, die er in seiner Freude etwas blindlings zusammenkaufte. Und Thomas war außerordentlich vergnügt; er vergaß – was er sonst stets getan – in den Weihnachtsbaum zu blicken und zuzusehen, wie die Kerzen langsam abbrannten und verlöschen. Frau Elisabeth vermißte ihn in dem gewohnten Winkel. Er vergaß auch – wie er sich vorgenommen – heimlich nach dem Zubettgehen wieder in den Saal zu schleichen und drei Kerzen für Mao anzuzünden. Am nächsten Morgen fiel es ihm erst ein, und für einen Augenblick hatte er eine schreckhafte Empfindung, wie wenn er eine Schulaufgabe unerledigt gelassen hätte. Er überlegte, ob er es am nächsten Abend noch nachholen solle, aber sein Schlußgedanke war: Sie nützen ihm ja doch nichts!

Er sann darüber nach, was er wohl sonst für Mao tun könne, aber er fand nichts, gar nichts. Da erfand er eine Art Tribut. Morgens, mit dem Aufstehen, klopfte er dreimal gegen den Bettrand, und jedes Klopfen sollte einen Buchstaben von Maos Namen bedeuten; und abends beim Zubettegehen ebenfalls. Anfangs murmelte er dazu noch den Namen, aber das ließ er bald; endlich schlug er nur noch flüchtig einmal mit dem flachen Handrücken gegen das Holz, und schließlich tat er auch das nicht mehr. Was *nützte* Mao überhaupt dies Klopfen? War es nicht ganz kindisch? Weniger und weniger dachte er an ihn und beruhigte sich mit dem Gedanken, es sei doch alles so, wie es immer gewesen wäre, nur mit dem Unterschied, daß er jetzt fleißiger und vernünftiger war als früher.

Ursula bekam zu Weihnachten ein Theater geschenkt. Sogleich untersuchte sie alle Puppen und rief bei jeder schönen oder interessanten: »Das bin ich!« – Sie stellte Dekorationen und Kulissen auf, ließ Dienstboten aufmarschieren, und die Puppe, die sie selbst bedeutete, sagte ihnen die gröbsten Impertinenzen und warf sie samt und sonders zum Fenster hinaus. Dann kam die Polizei, die sie verhaftete, verhörte, verurteilte, während sie höhnisch erklärte, sie würde sich schon zu retten wissen. Und da Ursula, während sie so sprach, sich vergeblich den Kopf zerbrach, wie sie die Puppe retten könne, ließ sie sie endlich einfach durch die Decke des Zimmers entschweben. – »Das gilt nicht, das gilt nicht!« rief Thomas, der mit offenem Munde zusah, »man kann doch gar nicht fliegen!« – »Spiel du doch selbst mit!« meinte sein Vater, aber Thomas sagte ungeduldig: »Ich weiß ja nichts, mir fällt nie etwas ein, und Ursula weiß immer etwas.« – Ursula trat hinter ihrem Theater vor, kratzte sich langsam die Nase, sah trocken von einem zum anderen und wandte sich leise pfeifend einer neuen Beschäftigung zu. Wie aber Thomas nun doch seinerseits das Stück zu Ende führen wollte und gleich nach den ersten Worten nicht weiter konnte, kam sie zurück und half ihm ein, nahm ihm die Puppen aus der Hand, so daß er endlich ganz zurücktrat, und spielte die Sache allein fertig. Unerschöpflich war sie in ihren Einfällen. – »Ich weiß auch nichts!« sagte sie meistens, wenn er sie bat zu spielen, aber wenn sie dann nur ein paar Worte gesprochen hatte, so war auch stets schon irgendeine Situation vorhanden, und dann ging das Spiel wie von selber weiter. Sie war oft selbst erstaunt, wenn sie ein Stück gespielt hatte, von dem sie, ehe es begann, auch nicht das mindeste ahnte. Auf ihre komischen Einfälle sah sie etwas herab und betonte stets, ihr Talent liege im Tragischen. Aber ihre tragischen Damen malträtierte sie ebenfalls stets auf das empfindlichste, daß sie sich den Tod wünschten und zum Himmel schreiend einherwandelten, auf einsamen Märkten, in öder Winterlandschaft oder gar auf dem nackten Theaterbrett, denn das kam auch vor, daß Ursula ihnen auch noch das letzte, die Kulissen, nahm. Was Thomas spielte, wurde nach einer Weile immer irgend etwas, das Ursula schon einmal gespielt hatte. Und er machte es genau wie sie, indem er die Puppen jedesmal am Schluß laut weinen ließ.

Einmal hörte er überhaupt nicht wieder auf, und Ursula, die bis dahin sehr teilnahmslos vor dem Vorhang gesessen hatte, horchte plötzlich aufmerksam, denn Thomas konnte wirkliche Schluchztöne machen, zum Verwechseln echte. Bewundernd hörte sie zu, da er aber gar nicht wieder still war, rief sie endlich ungeduldig, nun sei es genug. Aber er schluchzte weiter, und wie sie aufsprang und auf ihn zukam, sah sie, daß seine Hände naß von Tränen waren. Sie hielten sein Gesicht bedeckt. Ursula rüttelte an den Gelenken, aber er hörte nicht auf sie, sein ganzer Körper schütterte im Weinen. Endlich sprang er auf, warf sich auf das Sofa und vergrub den Kopf ins Kissen. Frau Elisabeth kam, aber er gab auch ihr keine Antwort. Sein Schluchzen ward allmählich stiller. Sie setzte sich zu ihm, nahm seine Hand und wartete, bis er sich ganz beruhigt hatte. Endlich richtete er sich auf und starrte vor sich hin.

»Thomas, weshalb weintest du?« – »Ich weiß es nicht!« sagte er und sah in die Leere.

9.

Thomas sah ein wenig verächtlich auf die Kameraden, die in der Volksschule zurückblieben, die letzten Klassen durchmachten, dann konfirmiert wurden und in irgendein Handwerk eintraten; das war ihr Los, und er nahm sich vor, im späteren Leben keinen einzigen von ihnen mehr zu grüßen. Auch von seinen Lehrern, ja selbst von dem alten Schulgebäude trennte er sich ohne Schmerz. – Das Gymnasium war ein neuer, roter Backsteinbau, unten in der Halle hing ein großer Kronleuchter, und in den Klassen war mehr Licht und Bequemlichkeit als in den dumpfen, niedrigen Räumen der Volksschule. Die Lehrer trugen eine bessere Kleidung und blickten in den Pausen nicht mit Aufmerksamkeit auf die guten Dinge, die er seiner Frühstücksdose entnahm, sondern verzehrten selbst ihr Wurst- und Schinkenbrötchen. In der Prüfung hatte er seine Sinne gut beisammen und machte dem jungen Lehrer, der ihn zu Hause ausgebildet, alle Ehre. Sein Wissen gab ihm Sicherheit, und er wunderte sich über die ängstlichen Gesichter der anderen, die angestrengt die Brauen hochzogen im fortwährenden Zustand der Verteidigung. Man hielt ihn für einen außerordentlich begabten Schüler, und oft ward er seinen neuen Kameraden als Muster vorgehalten. – »Wer hätte das gedacht!« sagte der Justizrat und schickte Thomas' früherem Hauslehrer einen Korb mit gutem Wein aus seinem Keller. Diese Nachhilfestunden hörten nun auf, und Thomas hatte viel zu tun, um sich auf seiner Höhe zu erhalten. Aber die Grundlagen waren gut gelegt, an das strenge Arbeiten war er gewöhnt, es machte ihm Freude, die besten Zensuren zu erhalten, und so schien alles leichter.

Zu Hause bildete sein Hauptinteresse jetzt ein Fahrrad, das ihm sein Vater zu Ehren des bestandenen Examens schenkte. Ursula hatte gelacht, als er es bekam, und behauptet, er werde nie im Leben lernen, es zu fahren; das stachelte seinen Ehrgeiz. Immer sagte Ursula, er sei unpraktisch, unsicher, er werde nichts im Leben vorwärts bringen! Das ärgerte ihn mehr, als er sich merken ließ.

Auf dem langen Gang des Hinterhauses lernte er nun das Radfahren, an jener Tür aufsteigend, wo einst in seinen Kinderträumen der Januar begann. Unabsehbar erschien ihm früher dieser Gang, und nun war er so kurz geworden! Wenn er am unteren Ende anlangte, so ärgerte er sich. Und dann flogen die Monate an ihm vorbei, und wieder war er am Januar angelangt. Bald konnte er auch hart an jener Treppe vorüberfahren, deren alte Holzstufen beinah schwarz in die Tiefe führten, ohne daß es ihn noch schwindelte. Die Hebungen und Senkungen des Bodens, früher geheimnisvoll, erschienen jetzt nur lästig. Er nahm sein Rad und trug es in den Garten. – »Das Aufsteigen ist das schwerste!« sagte er zu Ursula, »aber wenn man erst einmal im Gange ist, dann geht es ganz von selbst.« – Nach ein paar mißglückten Versuchen war er oben, das vordere Rad schwankte ein wenig hin und her, aber dann bekam es eine feste Richtung; und nun ging es die Kieswege hinab, die die ganze Weite des Gartens umgrenzten. Um einzelne Büsche, die ihre Zweige über die Wege niederhingen, machte er anfangs Umwege, aber als er sicherer ward, wich er ihnen nicht mehr aus, sondern drängte sie mit einer Armbewegung zur Seite, und endlich minderte er die Schnelligkeit der Fahrt überhaupt nicht mehr und schlug, wenn ihn ein Busch behinderte, mit dem ganzen Arme kräftig seitwärts, daß Blumen und Blüten zur Erde fielen.

Ursula, die ihn anfänglich verspottete, konnte nun nichts mehr sagen; einmal stellte sie sich vor ihn hin und fragte, ob er es erlaube, daß sie ebenfalls zu fahren versuche. – Sie hatte einen stark ausgeprägten Sinn für Eigentumsrechte. »Natürlich darfst du fahren!« antwortete er etwas gönnerhaft. – Nach zwei Tagen fragte sie mit bescheidener Stimme ihre Mutter, ob sie nicht auch ein Zweirad haben dürfe. Frau Elisabeth fand diesen Sport nicht passend für ein Mädchen. So setzte sich Ursula abends unvermerkt auf das Sofa ihres Vaters, seufzte nach einer Weile halblaut und machte, als er aufblickte, schnell ein versunken-tragisches Gesicht. Aber der Justizrat hatte geschäftlichen Ärger gehabt und fertigte sie kurz ab. Erschrocken ging sie schnell hinaus.

Frau Elisabeth konnte nicht verhindern, daß sie Thomas' Rad benutzte, befahl ihr aber, das Fahren auf den Garten zu beschränken, was Ursula nicht tat. Einmal begegnete sie ihrer Mutter mitten in der Stadt. Sie wollte schon, sich verraten glaubend, absteigen, aber Frau Elisabeth erkannte sie überhaupt nicht und musterte sie kaum, denn sie hatte einen Anzug von Thomas angezogen und ihr Haar unter einer weiten, gestrickten Mütze verborgen. Ursula kicherte in sich hinein und fuhr dann, halb belustigt, halb nachdenklich ein Stück des Wegs hinter ihrer Mutter her, die mit ihrem stillen, ruhigen Gang dahinschritt, ohne die Blicke zu bemerken, die man ihr zusandte. – Sie sieht doch eigentlich ganz aus wie ein Mädchen! dachte Ursula.

Sie erzählte Thomas ihr Erlebnis und log, sie habe ein ganz anderes Gesicht gemacht, deshalb habe ihre Mutter sie nicht erkannt. – »Ich werde doch Schauspielerin!« – Und dann ärgerte sie sich, daß sie nicht wirklich ein anderes Gesicht gemacht habe, daß sie sich sogleich zurückzog, und daß eigentlich ganz und gar kein Verdienst auf ihrer Seite war. Sie fühlte sich beinah gekränkt in ihrer Künstlerehre und beschloß, sie wiederherzustellen. Am nächsten Tage zog sie wieder Knabenkleidung an, nahm Thomas' Schulmappe auf den Rücken und wußte es so einzurichten, daß sie, scheinbar von auswärts kommend, ihrer Mutter unten in der Säulenhalle begegnete. – Was für ein trockener, vergrämter Junge, dachte Frau Elisabeth, und wollte an ihr vorbei. Aber Ursula trieb die Sache auf die Spitze: »Ist Thomas zu Hause?« fragte sie mit verstellter, etwas meckernder Stimme. Die Unnatürlichkeit dieser Sprache fiel ihr auf, sie faßte den vermeintlichen Knaben näher ins Auge, erkannte ihre Tochter, ließ sich nichts merken, bejahte die Frage und schritt freundlich nickend zum Tore hinaus. Triumphierend stürmte Ursula zu Thomas.

»Was für ein Knabe war heut nachmittag bei dir?« fragte Frau Elisabeth beiläufig nach dem Abendessen. – »Nur einer aus meiner Klasse!« antwortete Thomas und kehrte den Blick ins Dunkel. – »Sage ihm, ein anderes Mal solle er seine Mütze vor mir abnehmen. Gymnasiasten« – fügte sie mit Betonung hinzu – »sollten das eigentlich von selber wissen.« Thomas wurde sehr rot, aber Ursula rief: »Vielleicht waren Spatzen drunter!« und sah recht schadenfroh und unverfroren drein. – Ihr Triumphgefühl war nun vollkommen. Um so größer war die Abkühlung, als sie auf ihrem Kopfkissen einen Brief von ihrer Mutter fand: Wenn sie Schauspielerin werden wolle, so müsse sie noch sehr viel lernen; ihre heutige Rolle in der Säulenhalle habe sie recht mittelmäßig gespielt, im übrigen müßten derartige Kindereien aufhören, wenn sie wolle, daß man sie als vernünftiges Mädchen behandle; Schauspielerinnen pflegten auf der Straße nicht in Verkleidung zu gehen.

Zum erstenmal empfand Ursula die Überlegenheit ihrer Mutter. Und auch Frau Elisabeth verwunderte sich über sich selbst, daß sie so kühl und diplomatisch handelte. – Auf ihre Hoffnung, Ursula werde so, wie sie es wollte und wünschte, hatte sie allmählich verzichtet, da sie mehr und mehr einsah, wie aussichtslos ihr Wunsch war. Sie mußte zusehen, was an diesem Kinde für sie übrigblieb. Der tägliche, oft gar nicht fühlbare Kampf mit einer stärkeren Natur hatte sie langsam erschöpft.

Ursulas Gedanke, Schauspielerin zu werden, schien bis jetzt in ihrem Leben leitend gewesen zu sein, aber allmählich kam eine Zeit, wo sie ein verächtliches Gesicht zog, wenn davon die Rede war. Diakonissin werden, sagte sie mit schwärmerischem Blick, sei viel schöner, viel edler, viel segensreicher. Dann wieder wollte sie ganz zur Landwirtschaft übergehen, aber bei näherer Überlegung sagte ihr auch dieser Beruf nicht zu, und sie schrieb in einem Aufsatz: »Die Landwirtschaft hat ihre guten und ihre schlechten Seiten; einerseits erhält sie im Menschen das Gefühl für die Natur, andererseits verhindert sie ihn, sich mit den großen Geistern, wie zum Beispiel Schiller, zu beschäftigen.« – Schließlich fand sie heraus, daß sich für einen vielseitigen Menschen überhaupt kein Beruf eigne; einmal ließ sie Thomas raten, was sie wohl später tun werde. Bei allem, was er sagte, schüttelte sie den Kopf, dann schwieg sie nachdenklich, sah ins Leere und sagte langsam: »Ich sterbe früh; gib acht, eines Morgens findet man mich tot in meinem Bette. Dann zieht man mir ein weißes Hemd an, legt mich in den Sarg, setzt mir die Myrtenkrone auf den Kopf, und ich verlasse die Welt ohne ein Vermächtnis.« – Diesen Ausdruck hatte sie in einem Buch gelesen, und er hatte ihr absonderlich gut gefallen.

Auf Thomas machten derlei Reden keinen großen Eindruck. – »Du solltest dich schämen«, sagte er einmal, »daß du nicht mehr Schauspielerin werden willst; was man sich vorgenommen hat, muß man doch auch ausführen! Was würde denn Papa dazu sagen, wenn ich jetzt auf einmal nicht mehr auf der Schule sein möchte. Vielleicht werde ich noch einmal berühmt – und du nicht!« setzte er fast mit Genugtuung hinzu. Die guten Erfolge, die Anerkennung seiner Lehrer hatten ihn etwas stolz und selbstgefällig gemacht, und sein Vater nährte diesen Stolz, den er als ein gutes Mittel ansah, sich oben zu erhalten.

Seine Mitschüler ließ er ihn oft fühlen. Sehr beliebt war er bei ihnen nicht. Tage- und wochenlang verkehrte er mit ihnen kameradschaftlich, dann wieder war er ganz fremd und gleichgültig und vergaß alle Verabredungen, so daß auf ihn nicht der geringste Verlaß war. Auf dem Schulhofe sonderte er sich plötzlich von ihnen ab, zog sich in eine Ecke zurück und sah starr über die Weite der Dächer. Was er dann dachte, wußte er selbst nicht. Es war ein Weh in ihm, das, wäre es aus dem dunklen Grunde seiner Seele gestiegen und zum wirklichen Gefühl geworden, ihn hätte zerreißen müssen. Doch es stieg nicht empor, er ahnte es auch kaum, nur war es zuweilen, als sei er eigentlich ganz woanders, als müsse er wie mit einem Schlage erwachen, und dann – aber das Unerhörte ließ sich nicht fühlen, noch weniger denken, es war auch im Grunde gar nicht da, denn wenn er sich zuweilen aus solchem Zwielicht herausriß in die Wirklichkeit und sich halblaut fragte: Was ist denn nun eigentlich? und um sich herum sah, und blendend hell die Sonne am Himmel stand und fest und greifbar sich die Dächer abzeichneten gegen das Blau, wenn dann die Glocke läutete zum Wiederbeginn der Stunde und die Schüler den Eingängen zuströmten, dann kam er sich oft albern und töricht vor. In der nächsten Pause war alles vergessen. Es vergingen Wochen, dann kam es wieder langsam über ihn; erst gesprächig, verstummte er allmählich und sah endlich nur noch auf die Stiefel seiner Kameraden, die sich plötzlich ohne Grund hoben, dann wieder senkten, ohne jemals ihr Aussehen zu verlieren, tot und doch lebendig, ohne eigenen Willen in ihrer Bewegung und auch ohne den Willen und selbst ohne das Wissen der Menschen, deren Füße in ihnen steckten – – und wieder verdichtete sich der Nebel über ihm. Er sah Blut aus einer Wunde rinnen und es quoll genau so rot wie sein eigenes. Ein Mitschüler erklärte ihm eine schwierige Stelle in seinem Buche, und anstatt zuzuhören, sah er nur den fremden Zeigefinger, dessen Haut, wie er ganz nah hinschaute, in der Sonne wie zarteste matte Seide glänzte, die Hunderte von allerkleinsten roten und smaragdgrünen Lichtern zurückwarf, genau wie seine eigene Haut – ein Spiel, das er in langweiligen Stunden oft verfolgte. Aber die Menschen rückten ihm durch diese körperliche Gleichheit nicht näher. – »Bildest du dir etwa ein, etwas Besonderes zu sein?« Er glaubte seinen Vater zu hören, der diese Worte sprach. Aber sie kamen nicht von seinem Vater, er hörte sie von irgendwo, dachte oder fühlte sie selbst, ohne daß sie aus seinem

Innern kamen. – Der Zeigefinger verschwand: »Hörst du eigentlich überhaupt noch zu?« fragte sein Nachbar. – Thomas errötete leicht: »Gib dir nur keine Mühe«, sagte er, »ich wollte nur sehen, ob du ebenso klug wärest wie ich oder ob du nichts begriffest.« – Er hatte herausgefunden, daß man sich im Leben besser steht, wenn man den Mitmenschen gegenüber den Überlegenen spielt, namentlich dann, wenn man ertappt wird. – Solche Worte kamen ihm leicht über die Lippen, ohne daß er eigentlich mit seiner Seele an ihnen beteiligt war; er sprach sie wie Formeln, die sich von selbst verstehen, ohne sich etwas dabei zu denken. Und dieses innere Unbeteiligtsein gab ihm eine Sicherheit, eine Unverfrorenheit, die die anderen täuschte: Sie fühlten sich unterlegen, sie wurden unsicher unter seinem Blick, der zuweilen einen Ausdruck zeigen konnte, der weit über seine Jahre hinausging und ihm unwillkürlich ausweichen ließ.

»Er ist hochmütig!« so hieß es; die einen meinten, weil er von mütterlicher Seite aus einer Adelsfamilie stamme, die anderen, weil er stets blendendreine Wäsche trug, wieder andere, weil sein Vater ein Haus besitze, das fabelhaft groß sei, und einen uralten Garten, der sich weithin erstrecke; so wenigstens sagte man; das Haus – nun, von vorne war es immerhin recht ansehnlich, aber was dahinter war, konnte niemand wissen; den Garten aber hatte überhaupt noch niemand zu Gesicht bekommen. Wer konnte auch im Ernste glauben, daß sich darin – wie Thomas in der Botanikstunde angab – ein Baum befand, so hoch wie ein Haus, der wirkliche Tulpenblüten trug? – Er solle eine jener Blüten mitbringen, so forderte man, damit er beweise, daß er wahr gesprochen. Aber ihm lag nichts daran, ob sie ihm glaubten oder nicht, und er maß sie nur mit einem stummen Blicke. Sie waren ihm alle gleichgültig. Mit Alexander, den er früher mied, verkehrte er jetzt wie mit jedem anderen, und Alexander, der weder den früheren Wechsel begriff noch den jetzigen, aber gegen Thomas im Grunde nichts einzuwenden hatte, hielt sich in den Grenzen des Verkehrs, die Thomas vorzeichnete. Wenn er sich auf dem Nachhauseweg von ihm verabschiedete, streckte er Thomas die Hand entgegen mit einer Bewegung, die, bestimmt und von reservierter Herzlichkeit, ungefähr besagte: Ich will dich nicht länger aufhalten – also bis zum nächsten Male. – Und doch geschah es einmal, daß Alexander die alten Erinnerungen aufrührte. Das war an einem Sommerabend, als sie von einem Schulausfluge heimkehrten. Schon am Nachmittage hatten sich die beiden, ohne daß der eine den anderen suchte, von den übrigen abgesondert, durch Zufall waren sie zusammengetroffen, hatten erst gestutzt, wie sie sich plötzlich allein sahen, und dann waren sie wie selbstverständlich nebeneinander hergegangen, erst wortlos, dann im Gespräche; und wie sie so zusammengingen, wie in alter Zeit, begann Alexander wärmer zu empfinden, und er meinte, Ähnliches müsse auch in Thomas vorgehen. Er sah, auch Thomas hatte keine eigentlichen Freunde, geradeso wie er; weshalb sollte nicht das frühere, herzliche Verhältnis wiederkehren? Sie redeten über die gleichgültigsten Dinge, aber wie Thomas ihm unter der Tür seines Hauses die Hand entgegenstreckte, hielt Alexander sie unschlüssig längere Zeit, und dann sagte er: »Thomas, wir waren doch früher Freunde; hast du das ganz vergessen?« – Thomas erblaßte. »Nein«, sagte er, »das habe ich nicht vergessen«, und suchte ihm die Hand zu entziehen. – »Können wir nicht wieder Freunde werden, so wie früher?« – »Laß mich los«, sagte Thomas, »und wenn du willst, daß wir weiter miteinander verkehren so wie jetzt, so sage das nie wieder.« – Er entzog ihm seine Hand, trat in den Vorplatz zurück und schloß die Haustür. Dann ging er langsam die Treppe empor, und wie er in seinem Zimmer anlangte, stand er regungslos, und seine Schläfen klopften.

Es dauerte eine Zeit, ehe er die große Verstimmung, die jener Abend in ihm aufrührte, überwand. Er war nicht traurig, er war auch nicht unglücklich, aber eine dumpfe Leerheit war in ihm, und sie verkörperte sich in jenem Kopf, den er gedankenlos aufs Löschblatt, in seine Bücher malte: Ein armseliges, verzeichnetes Profil, in allen seinen Teilen falsch und verzerrt. Aber jene Stimmung verging wieder; der Zwang der Schule, das lebendige Treiben um ihn herum half dazu, und auch er selbst gab sich Mühe, sie von sich abzuschütteln. Er hatte allmählich Erfahrung gewonnen und wußte, daß alles Trübe, Traurige vergeht im Leben, wenn man es möglichst wenig beachtet, wenn man tut, als sei es im Grunde gar nicht da, wenn man die Augen fest ins Licht kehrt. – »Mach dir Bewegung und turne« – hatte der Justizrat zu ihm gesagt, und Thomas, der es gelernt hatte, in seinem Vater ein Vorbild zu sehen, folgte ihm und fand, daß er recht habe. Denn wenn er erschöpft von solchen Übungen in sein Zimmer ging, so war ihm frei und frisch zumute. Ein anderes Mittel, das er sich selbst ausgedacht hatte, half fast noch besser: Er schlug sich rechts und links rücksichtslos mit den flachen Händen gegen das Gesicht, bis es heiß wurde, gegen Backen, Stirn und

Hinterkopf, und nach solcher Maßregelung kam er sich vor wie ein Herr, der seinen Sklaven gezüchtigt hat, und der weiß, daß jener ihm nun wieder für einige Zeit gehorsam folgt.

Alexander versuchte keine neue Annäherung an Thomas, es schien sogar, als vermeide er ihn jetzt ein wenig; aber Thomas tat, als bemerke er es nicht; er hatte gegen ihn eine Sicherheit des Tones wie ein Erwachsener, und auch Alexander kehrte zuweilen die Augen vor seinem Blicke fort, der so war, als richte er sich auf eine Sache und nicht auf einen Menschen.

Mehrere Mitschüler erlebten Enttäuschungen mit ihm. Er täuschte sie, ohne es zu wollen. Es konnte immer noch geschehen, daß er sich scheinbar anschloß an einen Kameraden. Aber ebenso oft geschah es, daß er plötzlich einmal mit Widerwillen an ihn dachte, ohne den geringsten Grund dafür zu wissen; daß er ihn, ohne es zu wollen, kalt, hochmütig behandelte und ihm schließlich geradeheraus erklärte, er wolle nicht mehr mit ihm verkehren. – Einmal sagte ein so Zurückgestoßener: Einen wirklichen, wahrhaften Freund behandle man nicht so. Da sah ihn Thomas mit einem großen, halb erstaunten, halb kalten Blicke an und erwiderte: »Freund? Hast du dir eingebildet, daß wir Freunde wären? Da müßtest du ein anderer sein!«

Um so merkwürdiger war sein Verkehr mit einem großen untersetzten, breitschultrigen Jungen, der täglich morgens aus einem benachbarten Dorfe zur Schule fuhr, durchaus wie der Sohn eines Bauern aussah und für die Klasse viel zu alt war. In der Turnhalle hatte sich dieser Verkehr entwickelt. Thomas wußte genau, daß er sich im Grunde nichts aus ihm machte, aber gerade weil diese Freundschaft keine Abkühlung, keine Enttäuschung erfahren konnte, war sie von etwas größerer Dauer. Thomas half ihm vor der Stunde an seinen Arbeiten, da er ein wenig schwer begriff, freute sich an seinen täppischen Ausdrücken für Dinge, die er nicht verstand, gab ihm gern von seinem Taschengelde, da jener schon rauchte, und der andere wiederum brachte ihm zum Dank eine Pflaume, einen Apfel oder eine Birne mit aus seinem Dorfe. Auch mußte er Tintenflecke in Thomas' Heften ausradieren, ihm Bleistifte spitzen, alte Stahlfedern aus dem Halter entfernen, ihm beim Anziehen des Mantels behilflich sein und in den Pausen, wenn es Thomas einfiel, zum Konditor hinüberlaufen, um Süßigkeiten für ihn zu holen. Zum Dank erhielt er ein Stück davon, das er mit dem Munde fangen mußte. Thomas nannte ihn Barry, und in der Tat war er für ihn ein großer, folgsamer, treuer Hund, auf den er sich verlassen konnte. Die Klügeren unter den Lehrern wunderten sich, was wohl den feinen, sich abschließenden Sohn aus der hochangesehenen Familie mit dem breiten, in seinen Manieren ungehobelten Bauernjungen verbinde, und auch den Mitschülern war diese Freundschaft nicht verständlich. Sie versuchten, ihn mit seinem plumpen Freunde lächerlich zu machen; aber Thomas sah nur nachdenklich und langsam, ohne ein Wort zu sprechen, an ihnen herunter. Und sie ließen es ganz, als einer unter ihnen von Barry, der einmal dazukam, auf Thomas' Wort und lässige Handbewegung eine schallende Ohrfeige erhielt. Barry war der stärkste in der Klasse. Diese Stärke war etwas Unwandelbares, auf das man sich verlassen konnte, etwas, das mit ihm selbst eigentlich gar nichts zu tun hatte, und gerade deshalb mochte Thomas ihn so gern. Jede Woche freute er sich schon auf den Samstag, denn da entfaltete sich diese Kraft vollkommen.

Am Samstag fand nach Schluß der Schule mit Regelmäßigkeit die große Schlägerei statt zwischen den Gymnasiasten und den Bürgerknoten, womit man die Schüler der Volksschule meinte, ein Ausdruck, der Thomas außerordentlich gefiel. Er selbst nahm niemals an diesen Schlägereien auf dem Kirchplatz teil. Barry besorgte ihm ein gutes Plätzchen, wie einem Zuschauer im Theater, und holte ihn am Ende der Schlacht dort wieder ab. – Obgleich beide Heereshaufen sich um die gewohnte Stunde mit zielbewußter Absicht aufeinander zu bewegten, lag doch jedesmal der Schein eines zufälligen Anlasses zum Kampfe vor: Auf einem sehr schmalen Fußsteig wurden je zwei Feinde einander entgegengeschickt. Anscheinend in ein Gespräch vertieft, bewegten sie sich unentrinnbar aufeinander zu: Ein heftiger Ruck und einer flog vom Pflaster auf die Straße. Die Beendigung dieser Zeremonie war zugleich das Signal zum allgemeinen Kampfe.

Da war der Häuptling der Volksschule, dessen Handgelenke und Fußknöchel weit aus dem zu kurzen, schlotternden grauen Anzug herausschauten; der keine Strümpfe trug, dessen hängende Unterlippe troff wie bei einem Hunde; er hatte fürchterliche Mandelnarben an beiden Seiten des Halses und zwei schreckliche Augen, in denen sehr viel Weiß war, eine gerötete, aufgestülpte Nase und eine schauerliche Stimme. Mit lebhafter Freude erfüllte Thomas der Anblick dieses Scheusals. Er sah auf ihn, so wie man im zoologischen Garten auf ein phantastisches Ungeheuer sieht; und auch Barry, der nun zum Kampfe auf ihn zutrat, erschien ihm ganz wie ein Tier. Barry verlor nicht einen Augenblick seine Ruhe und Gemessenheit. Mit vorgeschobenen, trotzigen Lippen, mit zusammengezogenen Augenbrauen und gesenktem Nacken stand er da, der Blick seiner treuherzigen, kernigen Augen bohrte sich über die Schulter seines Feindes hin in den Erdboden, wortlos, schnaufend suchte er ihn hinzustrecken. Sein Gegner stieß zeitweilig ein halbverstopftes, posaunenartiges Geheul aus.

Aber wenn nun hochgestreckt der Doppelkörper über dem Boden schwankte, als sei er angefüllt mit rollendem Metall, das ihn bald auf die eine, bald auf die andere Seite neigte, wenn er sich selbst vom Boden senkrecht in die Luft emporriß, sich hob und hob, fast im eigenen Gleichgewichte schwebte, sich auf die Seite neigte und endlich, endlich niederfiel, unter dem Siegesgeschrei der Umstehenden, dann vergaß Thomas alles um sich her; etwas Unerhörtes brach in ihm hervor, taumelnd, schwindelnd. Dann erörterten die anderen im lebhaften Gespräch, durch welchen Griff der Gegner besiegt sei, wie der andere anders hätte anfassen sollen – und dann sank mit einem Male alles in ihm zusammen, er war wieder in der Wirklichkeit, und kalt griff sie ihm ums Herz.

Einmal durchbrach er die Reihen und küßte im Taumel seinem Freunde beide Hände. Aber fast im selben Augenblick schon packte ihn die Ernüchterung; was er tat, erschien ihm unfaßbar, unmöglich, zu Hause rieb er seine Lippen mit Wasser und mit Seife, und als er am nächsten Tage seinen Freund wiedersah, der ihm die Hand entgegenstreckte, tat er, als sei er beschäftigt, in den Pausen vermied er ihn, und alsbald galt Barry ebenfalls als abgesetzt, wie sich die Kameraden ausdrückten.

Abscheulich war Thomas dies Erlebnis in der Erinnerung; es trieb ihm die Röte auf die Stirn, als er zu Haus an seinem Tische saß. Aber er sprang plötzlich auf, riß die offenen Vorhänge der Fenster noch weiter auseinander, schnallte seine Schulmappe ruckmäßig auf, stellte den Federkasten scharf auf den Tisch und öffnete das Übersetzungsbuch; alle seine Bewegungen hatten etwas Taktmäßiges, Festes. Die Arbeit, die er schrieb, war die beste und brachte ihm Lob ein.

10.

Thomas' Leben floß gleichmäßig dahin; durch nichts gestört, ging es seinen ruhigen Gang; er besuchte das Gymnasium nun bereits das dritte Jahr. Wenn er aus der Schule kam, so freute er sich auf das gute Mittagessen, und in den Wochen vor den Ferien waren seine Gedanken schon nicht mehr daheim, sondern draußen an der See, denn in den letzten Jahren war der Justizrat mit seiner Familie viel gereist. Überhaupt war das Leben zu Hause freier als in früherer Zeit. Die Zahl der Dienstboten war erhöht, der Justizrat gab glänzende Gesellschaften, zu denen seine Frau große Toilette machen mußte; er arbeitete mit ungeheurem Eifer, er war ein berühmter Advokat, das Leben war mühevoll und anstrengend, aber der unmittelbare, schnelle und glänzende Erfolg spornte zu erhöhten Bemühungen, erhielt ihm seine ungewöhnliche Kraft und Frische. – »Wer so viel arbeitet wie ich«, pflegte er zu sagen, »hat auch das Recht, sein Leben mehr zu genießen als andere. Ich zehre nicht von ererbtem Gut, das mir in den Schoß gefallen ist, ich zehre von den Zinsen eines Kapitals, das ich mir selbst verdanke, und das sitzt hier!« Damit deutete er auf seine Stirn. Und dann sah er wohl zu Thomas hinüber und fuhr fort: »Und du, mein Sohn, wenn ich dir einmal ein Vermögen hinterlasse, so kann ich ruhig sein in dem Gedanken, daß du es nicht tatenlos vergeudest, sondern daß du weißt, was du deinem Vater und dir selber schuldig bist.«

Weshalb sagt er das nur immer wieder? dachte Thomas manchmal, denn das war ja alles selbstverständlich, und wenn man es einmal aussprach, war es doch genug. Er war längst mit dem Gedanken vertraut, daß er einmal dasselbe Fach ergreifen werde wie sein Vater und daß er später seine Praxis übernahm. – »Und wenn du dann einmal heiratest«, scherzte der Justizrat, »und ich dann noch am Leben bin und rüstig, so kaufe ich meinem jungen Kompagnon ein hübsches, elegantes Häuschen.« – Dann lachte Thomas, kurz und leise, ohne Freude, aber auch ohne Abneigung gegen solche Vorstellung. – »Hast du vielleicht schon eine kleine Braut?« – Diese Frage fand Thomas etwas abgeschmackt, aber er wußte, daß er seinem Vater eine Freude machte, wenn er antwortete: »Wer weiß?« – Dabei sah er im Geiste irgendein weißes Kleid aus seiner Tanzstunde. Ursula hatte einmal erzählt, die Eltern einer Mitschülerin hätten sich bereits als Kinder in der Tanzstunde gern gemocht und später auch richtig geheiratet. Dergleichen komme öfter vor, als man denke. Nun liebte Thomas zwar niemand, aber weshalb sollte es ihm nicht ähnlich gehen? Das Leben ging ja doch so, wie es wollte, und schob einen vorwärts, das hatte er nun schon lange an sich selbst gefühlt. Und zufrieden war man dabei auch, geradeso wie andere Leute. An die Vorstellung des eleganten kleinen Häuschens gewöhnte er sich sogar ganz gern, und er erzählte zuweilen mit achtlosem Stolz davon in der Schule. Der Gedanke, das alte Heimathaus zu verlassen, war nicht so schrecklich. Er war fast an ihn gewöhnt. Denn wie oft hatte sein Vater schon davon gesprochen, daß er nur eine günstige Gelegenheit abwarte, es zu verkaufen. Thomas wußte nicht mehr, wann dies zum erstenmal geschah. Es mochte schon ein Jahr darüber hingestrichen sein. Ganz früher sprach der Onkel Matthäus davon, und Thomas lächelte, wenn er daran dachte, wie er damals so felsenfestes Zutrauen zu dem Hause hatte, zu der Bude, wie der Onkel sie nannte, die abgebrannt werden sollte. Deutlich erinnerte er sich, wie er ihn damals im Geiste vor sich sah, vergeblich ein brennendes Zündholz an die glatten Mauerkanten haltend. Überhaupt, welche ungeheuerlichen Vorstellungen hatte er sich von ihm gemacht! Als etwas Entsetzliches, Übermenschliches war er ihm erschienen, dieser gutmütige, polternde Herr, der noch immer seinen Bart viereckig trug, nur daß er jetzt allmählich grau zu werden begann, womit ihn der Justizrat neckte, während er seinerseits behauptete, sein Bruder färbe sich. Und er sprach so komisch breiten Dialekt, geradeso wie seine Frau. Thomas sah es gar nicht so ungern, wenn die beiden zu Besuch kamen; er zog dann seine allerfeinsten braunen Stiefel an, die er sehr fest schnürte, ordnete sorgfältig das seidene Band an seinem Halse, für das er eine besondere, elegante Art des Bindens erfunden hatte, und war zufrieden, wenn der dicke Vetter recht plump neben ihm erschien, wenn die straffgescheitelte Tante Hermine, deren Augenbrauen mit der Zeit ganz zu verschwinden drohten, ihn prüfend musterte und sich an seine Mutter wandte mit den Worten: »Wie ein junger Lord sieht er aus, dein Thomas!« Das sagte sie jedesmal, jedesmal, wie eine Maschine. – »Hast du eigentlich deine Frau in der Tanzstunde kennengelernt?« fragte er einmal unvermittelt den Onkel Matthäus. – »Was der Junge für Einfälle hat! Und ›deine Frau‹ sagt er! Was meinst du überhaupt damit?« – Onkel Matthäus lachte herzlich. Da schnellte ein innerlicher Jähzorn in Thomas wie ein Pfeil empor, sank aber schon im Aufflammen in Nichts zusammen, ohne daß er überhaupt begriff, was ihn hervorgerufen; er lächelte nur und schwieg.

In letzter Zeit kam Onkel Matthäus häufiger, und Thomas hörte, wie er seinem Vater vorredete, die Pflichten gegen das Gemeinwohl gingen den persönlichen Interessen voran; ein solch großes Privatgrundstück, das sich wie ein riesiger Klotz hineinschiebe mitten in den stets wachsenden Zentralverkehr der Stadt, müsse ihr nutzbar gemacht werden. Würde einem überdies ein vorteilhaftes Kaufgebot gemacht, so sei es eine Torheit, dasselbe auszuschlagen.

Wieder der Hausverkauf! dachte Thomas und entfernte sich gelangweilt. Da redeten und redeten sie immer darüber, und niemals kam ein Resultat zutage.

Aber eines Tages war es dennoch da. Der Justizrat verspätete sich zum Mittagessen, und als er endlich den Saal betrat, sah sein Gesicht merkwürdig verheißungsvoll und beinah etwas feierlich aus. – »Jetzt ratet einmal, was ich weiß!« sagte er zu Ursula und Thomas, in einem Tone, wie er sprach, als sie noch kleine Kinder waren. – »Das Haus ist verkauft!« rief Ursula rasch, während Thomas dasselbe fühlte und sein Herz schneller schlug. – Vielleicht ist es etwas ganz anderes! dachte er aber unwillkürlich, denn sein Vater schwieg und lächelte, als ob Ursula falsch geraten hätte. – »Nun, Thomas, und du?« – Thomas schwieg; noch ehe er hätte etwas sagen können, hörte er die sanfte Stimme Frau Elisabeths; und nun war alles bestätigt: Das Haus war verkauft, es gehörte nicht mehr ihnen.

Es herrschte ein kurzes Schweigen, dann fragte Ursula: »Wo ziehen wir nun hin?« und schlug gleich darauf selbst ein neues Haus vor, das sie irgendwo gesehen hatte und das ihr gut gefiel, ohne daß sie den Namen der Straße anzugeben wußte. Da sagte Frau Elisabeth: »Zerbrecht ihr euch schon jetzt den Kopf darüber? Macht es euch denn gar keinen Eindruck weiter?« – »Ich sage ja gar nichts!« antwortete Thomas trotzig und schwieg wieder. –

Zu oft war über den Verkauf des Hauses geredet worden, zu oft hatte der Justizrat erklärt, die Summen, die zur Erhaltung des alten Bauwerks jährlich ausgegeben würden, seien ungeheuer, und die Unterhandlungen der letzten Wochen rückten das Ganze in nahestes Tageslicht. Aber schon früher hatten ähnliche Unterhandlungen stattgefunden, die dann nie zu einem Ergebnis führten; etwas, das eintreten konnte, aber niemals eintrat, war so gut wie gar nicht da, und als es nun wirklich doch eintrat, wirklich doch da war, da stand es vor Thomas' Seele als etwas immer noch Unfaßbares, greifbar deutlich zugleich und spukhaft wesenlos, wie nur die plötzliche wirklichste Wirklichkeit es sein kann. Nicht schmerzlich war ihm der Gedanke, aber er hatte das ganz dunkle Gefühl, als trage er selbst irgendwie die Schuld, daß alles so gekommen war. Wenn er aber die anderen reden hörte, so empfand er deutlich, daß niemand außer ihm selber auf einen solchen Gedanken kommen konnte, ja daß man ihn verlacht hätte, wenn er dergleichen äußerte.

Was sollte eigentlich mit dem Hause geschehen, wenn es nun leerstand? Nur durch Andeutungen hatte er bis jetzt davon gehört.

»Ist es wahr, daß der Garten umgehauen werden soll?« fragte er einmal seine Mutter und sah sie an mit einem Blick, der sie an frühere Jahre erinnerte. – »Nein«, antwortete sie und legte leise ihre Hand auf seinen Kopf, »es wird alles bleiben, wie es ist.« – »Das Haus wird auch nicht abgerissen?« fragte er weiter. Frau Elisabeth schwieg einen Augenblick, im Zweifel einer Antwort, dann sagte sie abermals: »Es wird alles so bleiben, wie es ist.« Und Thomas fragte nicht weiter; er fühlte nicht, daß sie ihm die Wahrheit verheimlichte, die er ja doch früh genug erfahren mußte; er dachte auch nicht darüber nach, daß ihre Worte im Widerspruch standen zu dem Straßendurchbruchsplan, von dem der Onkel Matthäus redete, er fühlte sich nur erleichtert bei dem Gedanken, daß das Haus bestehen blieb, so wie es war, und daß der Stadtrat sich die Sache anders überlegt habe.

Er gewöhnte sich nun wirklich an den Gedanken, daß sie alle das Haus verlassen würden, und die früheren unklaren Gefühle traten zurück vor der neuen Wirklichkeit, die bald alles beherrschte.

Ursula kümmerte sich nicht viel um das Schicksal des Hauses. – »Ich denke, es sollte abgerissen werden?« fragte sie einmal Thomas erstaunt, und als er dies verneinte, schwieg sie einen Augenblick fast etwas enttäuscht, setzte aber im nächsten hinzu: »Es ist auch eigentlich besser, daß es bestehen bleibt. Es hat doch immerhin einen gewissen bauhistorischen Wert und gibt dem Markte ein eigenartiges Gepräge; es ist zwar nicht ganz einheitlich im Stil, aber gerade das macht es interessant.« – Ursula redete zuweilen etwas gelehrt; sie besuchte die oberste Klasse der Töchterschule und übersah von dieser Warte aus die Menschen und die

Dinge. »Wo werden wir nun hinziehen?« fragte sie einmal wieder bei Tisch und betonte, daß man sich bald um diese Frage kümmern müsse, da es sonst eines Tages geschehen könne, daß man ganz ohne Wohnung sei. – »Kümmere du dich nur um deine Schularbeiten!« versetzte der Justizrat unwirsch, »und rede kein so dummes Zeug. Dich unterzubringen werden wir wohl immer noch einen Platz finden.« – Da schwieg sie beleidigt und nahm sich vor, künftighin zu tun, als ginge sie die Sache gar nichts an.

Wegen dieser Wohnungsfrage hatte der Justizrat schon verschiedene Aussprachen mit seiner Frau gehabt. Er wollte unbedingt ein ganz neu gebautes elegantes Haus im Villenviertel haben, während sie eine unbestimmte Abneigung dagegen empfand. Daß ihr Mann den alten Sitz verkaufte, billigte sie; aber ihr bangte vor dem Gedanken, in ein ganz neues Haus zu ziehen, mit dem sie nichts verknüpfte, das an einer Stelle stand, wo kurz zuvor noch Wiese oder anderes unbebautes Terrain gewesen war. Das war so, als solle sie ein ganz neues Leben anfangen, und sie fühlte sich nicht jung und kräftig mehr! Er wiederum begriff dergleichen nicht, behauptete, sie sei altmodisch und empfindsam, man gewöhne sich an alles; eine ganz neue, junge, frisch geschaffene Umgebung verjünge den Menschen, man solle kein Ding halb tun, ein neues Haus sei wie ein Symbol der Familie selbst, die in ihren Kindern frisch beginne, und man kaufe doch auch keine alten Kleider, wenn die getragenen nicht mehr taugten. – Anfangs versuchte sie entgegenzureden, aber dann gab sie es auf, und es war ihr eine wirkliche Beruhigung, daß auch Thomas es als selbstverständlich voraussetzte, daß sein Vater ein neues Haus kaufen werde. »Natürlich im vornehmsten Viertel!« sagte Ursula, »das sind wir unserem Ansehen schuldig!« Dasselbe dachte der Justizrat, und Thomas hatte nie daran gezweifelt. Wieder war es der Onkel Matthäus, der eingriff. Er wußte sofort das passende Haus, das einzige, das in Betracht käme. Der Justizrat sah es an und klopfte seinem Bruder am nächsten Tage auf die Schulter: »Ein guter Geschäftsmann bist du, Matthäus, aber Geschmack hast du nicht. In solch ein Haus mag sich ein reich gewordener Schnapsfabrikant setzen, ich danke bestens dafür!«

In der folgenden Zeit liefen viele Anerbieten ein, sie wurden gesichtet, die günstig scheinenden zur näheren Auswahl zusammengelegt, unter ihnen abermals eine Auswahl getroffen, und eines Tages erklärte der

Justizrat wiederum bei Tisch, er wisse etwas Neues; Ursula hielt es diesmal unter ihrer Würde, auf seinen Scherz einzugehen.

So war die Zeit der Ungewißheit wenigstens vorbei, und Frau Elisabeth, die unter ihr am meisten gelitten und, um sie zu beenden, ihrem Manne endlich zugeredet hatte, jenes Haus, das ihm gefiel, wirklich zu kaufen, atmete erleichtert auf. – »Heute nachmittag«, sagte der Justizrat, »wollen wir alle hinausgehen und es uns gründlich ansehen.« – »Wieviel hat's gekostet?« fragte Ursula. Aber ihr Vater sagte wieder, das gehe sie nichts an, worauf sie etwas hochtrabend entgegnete, sie hoffe, daß es wenigstens nicht hypothekarisch belastet sei.

Am Nachmittag wanderten sie wirklich alle hinaus. – »Thomas«, sagte Frau Elisabeth, »du weißt, ich kann es nicht leiden, wenn du für dich allein gehst. Du gehörst doch zu uns; schämst du dich, daß du Eltern hast?« – Das war wieder ganz so gesprochen, als wenn er ein kleines Kind wäre. – »Wenn ich doch lieber allein gehen mag!« – »Wenn du mit uns gehst, bist du eben nicht allein«, sagte sein Vater. Das war ein Befehl, und Thomas kam ihm sogleich nach.

Jetzt ging er mürrisch nebenher. Dieses ganze Wohnungansehen war so albern! Als wenn ein Tier besichtigt würde! In bester Laune hatte er noch seinen Hut aufgesetzt, nun war mit einem Male alle gute Stimmung dahin; es war ihm ganz gleichgültig, ob er das Haus sah oder nicht. Er war so gereizt und wortkarg, daß der Justizrat plötzlich stehenblieb und sagte: »Nun habe ich es satt; du kannst nach Hause gehen, wir brauchen dich nicht.« – Da drohte ihn auf einmal irgend etwas zu überwältigen, mit der größten Anstrengung beherrschte er sich und drängte seine Tränen zurück. Seine Mutter faßte ihn am Ärmel und sagte im Weiterschreiten: »Thomas, gib dir Mühe, sei vernünftig.« – Merkwürdig, dachte sie, was für feine Nerven er doch hat, daß ein hartes Wort so heftig auf ihn wirkt. – Jene Aufwallung verging so schnell, wie sie gekommen war; Frau Elisabeth zog ihn ins Gespräch. – – »Thomas, pfeif nicht«, bemerkte Ursula; »mußt du dich denn immer in Extremen bewegen?«

»Dies ist also die Straße«, sagte Frau Elisabeth endlich, »und dort hinten ist das Haus; habt ihr es euch so vorgestellt?« – »Ja«, sagte Ursula sofort, obwohl sie nicht gleich wußte, ob ihre Mutter das rechte oder das linke meine.

Sie blieben nun vor dem Neubau stehen, der, etwas zurückgezogen von der Straße, wie eine große leere Schachtel dastand. Das Dach war platt; das war das erste, was Thomas auffiel, was er schön fand. Dann sah er den feingegliederten Fries, der es in seiner Höhe umzog, und dann die schmalen Linien, die die Fenster, welche noch nicht da waren, nach außen hin abgrenzten. Alsdann übersah er das Ganze. Irgend etwas tat ihm wohl, wenn er die Höhe und die Breite zusammen ansah. – »Du hast Sinn für Proportionen«, sagte der Justizrat, »paß nur auf, wie das weitergeht!« Sie schritten durch das weitgeöffnete, niedrige, mit Farbe bespritzte Gittertor die kleine Steintreppe hinan, die zum Hauptportal hinaufführte, und traten in den Vorplatz. Durch hohle Türöffnungen sah man nach drei Seiten in lauter leere, sehr helle Räume. Hämmern schallte von oben herab. Jedes Zimmer stand, wie der Justizrat seiner Frau mit lauter Stimme erklärte, mit dem Vorplatz in unmittelbarer Verbindung, und sie waren, soweit es anging, auch wieder unter sich verbunden. Sie traten in den nächsten Raum ein. Eine Türöffnung, die fast die ganze Wandfläche einnahm, führte in den linksbenachbarten, eine andere, ähnliche, aber kleinere, nach rechts, und gegenüber blendete ein riesiges Fensterviereck. Die Wände zeigten noch keine Tapete, und Ursula beschwerte sich über den schlechten Fußboden. – »Dies könnte das Wohnzimmer werden«, wandte sich der Justizrat an Frau Elisabeth, »und das nebenan das Eßzimmer; oder dieses das Eßzimmer und das nebenan das Wohnzimmer; oder noch besser: Dieses mein Arbeitszimmer, weil es so viel Licht hat, ich lasse dann einfach eine doppelte Tür nach dem Vorplatz machen, der Raum nebenan kann Eßzimmer bleiben, und das Wohnzimmer« – er ging mit schnellen Schritten voran, verschwand, und seine Stimme schallte laut von irgendwoher: »Das Wohnzimmer könnte hier sein!« – »So kommt doch!« setzte er nach einer Pause etwas ungeduldig hinzu, und Frau Elisabeth erschien in der Türöffnung, die Hand auf Thomas' Schulter gelegt. »Es geht in den Garten hinein!« setzte er hinzu, indem er aus dem Fenster deutete. »Elisabeth, so äußere dich doch auch einmal!« – Sie nahm sich zusammen und sagte: »Ja, das könnte ein wunderschönes Wohnzimmer werden; und die Aussicht auf den Garten« – sie trat zum Fenster, kehrte aber gleich wieder zurück und fuhr fort: »Das kann alles sehr schön werden, jetzt ist es ja noch etwas unfertig.« – »Drüben ist noch ein fünfter Raum, wenn du den vielleicht lieber als Wohnzimmer hättest!« Er schritt wieder voran, und diesmal klangen alle Schritte lauter, denn Frau Elisabeth beeilte sich, ihm mit Thomas zu folgen. Dann wanderten sie wieder in den verlassenen zurück. Plötzlich stürmte etwas die Treppe hinunter. Es war Ursula, und sie rief: »Ich bin oben auf dem Boden gewesen, aber ich konnte nicht aufs Dach hinauf; die Leiter ist noch nicht da. Mein Schlafzimmer ist wunderschön, es hat einen Balkon. Man kann von da allen Leuten in die Fenster sehen.« – Sie lief wieder hinauf, die anderen folgten unwillkürlich, in den ersten Stock, wo sie Arbeiter am Boden und an den Wänden beschäftigt vorfanden. Ursulas Balkonzimmertraum ward zerstört, ihr Vater sagte, dieser Raum würde das Schlafzimmer ihrer Eltern. – »Was meinst du, Elisabeth, wenn wir es ganz in Grau und glattem Silber hielten?« Thomas horchte auf. – »Dazu passen unsere Möbel nicht«, meinte Frau Elisabeth. – »Die alten kämen selbstverständlich nicht hinein; überhaupt mit den alten Möbeln werden wir hier kaum etwas anfangen können; es wird eine furchtbar teure Sache werden, aber ich sage mir: Wenn schon, denn schon. Wenn ich bedenke, daß der größte Teil doch nichts mehr taugt, daß mindestens die Hälfte weggeworfen, alles übrige aber neu bezogen, poliert, gestrichen werden müßte, und daß nachher doch alles nicht wie neu aussieht, und plötzlich, so wie letzte Woche, irgendwo ein Bein bricht, wenn man sich hinsetzen will: Mir ist schon lieber, ich gebe auf einmal viel Geld aus, als so nach und nach.« Frau Elisabeth sträubte sich gegen diesen Gedanken: »Laß uns nach unten gehen«, sagte sie, »ich kann das Gehämmer nicht mehr ertragen.«

Auf dem Nachhauseweg ging Thomas wieder allein; er hatte die Ermahnung von vorhin vergessen; die neuen Eindrücke waren zu stark. Namentlich an das Grau und das glatte Silber im Schlafzimmer seiner Eltern mußte er denken.

Die Fertigstellung des Hauses schritt vorwärts. Tapetenmuster wurden ausgesucht, und es zeigte sich, daß der Justizrat nicht sehr sicher in seinem Geschmacke war. Was seine Frau vorschlug, gefiel ihm auch nicht, denn sie wählte stets einfache, unauffällige Dinge, und so entschloß er sich endlich, die ganze Frage der Inneneinrichtung Fachleuten zu übertragen, die mehr Erfahrung, Geschmack und Sicherheit in der Zusammenstellung aller Dinge hatten. – »Eins muß zum anderen stimmen«, sagte er; »eine braune, großgeblümte Tapete paßt wohl hier in unser altes Eßzimmer, wo alle Möbel sowieso durch ihr Alter dunkel geworden sind, aber für ein Zimmer, in dem alles aus gebeiztem Eichenholz ist, paßt sie nicht.«

Thomas sah das neue Haus mit den neuen Tapeten wieder, und sie gefielen ihm ausnehmend wohl. Er hatte so etwas überhaupt noch nie gesehen, solche schlanken, kerzengeraden Stengelblumen, solche schöngewellten Linien, die die Wände unter dem Plafond umzogen, solche bunten und doch einfachen und vornehmen Muster, die fast zu flimmern schienen. Die Fenster waren nun auch eingesetzt und hatten große, einzige dicke Scheiben in ihren Flügeln, und man konnte sie mit einem kleinen Drehen an den polierten Wirbeln öffnen, anders als zu Hause die riesigen Fenster mit den vielen dünnen grünlichen Scheiben und dem morschen Holz, von dem die weiße Farbe abgesprungen war. Und wie er erst die Zeichnungen der neuen Möbel sah, erfaßte ihn eine ordentliche Ungeduld, daß alles möglichst schnell vollendet werde. – Die Zeit des Umzuges rückte näher und näher.

Frau Elisabeth wunderte sich über Thomas. Sie hatte gefürchtet, der Wechsel, die Trennung von dem alten Hause würde ihm sehr schwer werden, und nun sah sie, daß er kaum etwas zu fühlen schien. Sie selbst hatte dieses Haus nie sehr geliebt, aber nun, wo sie es verlassen sollte, fühlte sie doch stark, daß sie durch das lange Wohnen mit ihm verwachsen war. Wie mußte es erst Thomas gehen, der in ihm geboren war, der in ihm seine ganze Kindheit durchlebte! Sie schwieg, denn sie dachte: Besser für ihn, wenn er jetzt darüber hinwegkommt, ohne es zu merken; später wird der Schmerz schon nachkommen.

Einmal kam Thomas dazu, wie sie kleine, viereckige, verblaßte und verdunkelte Papierstücke von verschiedenen Farben zusammenlegte. – »Was ist das?« fragte er. – »Das sind kleine Stücke aus unseren alten Tapeten«, sagte sie, »die ich herausgeschnitten habe, damit du einmal später eine Erinnerung hast.« – Thomas sah zerstreut darauf hin und meinte: Solche Tapeten würden wirklich nicht in das neue Haus passen; Papa hat ganz recht. – »Thomas«, sagte Frau Elisabeth, »tut es dir gar nicht leid, daß wir nun bald das Haus verlassen?« – Sie sah ihm eindringlich in die Augen. Da stieg es wieder in ihm empor, wie damals auf der Straße. – »Es muß ja doch so sein«, sagte er mit trockener, fast ungeduldiger Stimme. Er las in den Augen seiner Mutter einen stillen Vorwurf, und das ärgerte ihn beinah. – Wie soll man denn nun eigentlich sein? dachte er; kann man es ihnen denn niemals recht machen? –

»Thomas«, sagte seine Mutter ein andermal, »bald wirst du nicht mehr in dem schönen großen Garten sein können; weshalb sitzt du immer hier oben und liest Geschichten? Du wirst es noch einmal bereuen, später, wenn alles anders ist. Ich weiß doch, wie du an dem Garten hängst; später wirst du ihn dir oft zurückwünschen. Thomas, ich rede mit dir, lies doch nicht, wenn ich mit dir spreche.« – Er erhob sich mürrisch, nahm sein Buch unter den Arm und ging in den Garten. – Wenn sie weiß, dachte er, daß ich an all dem so hänge, weshalb läßt sie es dann zu, daß alles verkauft wird an fremde Leute? Sie nehmen es mir weg und machen mich noch aufmerksam darauf, wie schön es ist und wieviel ich verliere, wenn ich es nicht mehr habe.

Halb in Trotz sah er umher. »Es ist mir ja ganz gleichgültig«, sagte er halblaut, »ob ich von hier fortgehe oder nicht; meinetwegen können sie nach ein paar Jahren auch das nächste Haus wieder verkaufen, es ist mir ganz gleichgültig, sie müssen es selbst verantworten, was sie tun. – So ein Baum«, setzte er heftiger hinzu, indem er an den alten Fliederstamm herantrat, worin er sich einst einen Sitz gezimmert, dessen Reste noch zu sehen waren – »was ist denn so ein Baum anders als ein anderer Baum? Versteht er mich etwa, wenn ich mit ihm rede?«

Eine plötzliche Wut erfaßte ihn, und er trat mit aller Kraft mit dem Absatz seines Stiefels gegen den Stamm, daß die morsche Rinde splitterte. Seine Lippen zitterten. Schweigend, unbeweglich stand der Baum, als sei ihm nichts geschehen. Abermals überlief ihn eine Welle, aber mitten in der Bewegung blieb er regungslos, wie erstarrt zwischen Entschluß und Tat. Er fühlte mit einem Male überhaupt nichts mehr und war plötzlich matt. Was ist das? dachte er und schloß die Augen. Aber die Schwäche verging, und wie er sie wieder öffnete, wußte er sich nicht zu besinnen auf das, was eben erst geschehen war. – Habe ich im Stehen geträumt? dachte er verwirrt; aber da fiel sein Blick auf die abgetretene Rinde; er nahm sie und fügte sie, so gut es gehen wollte, wieder in den Stamm.

Eines Tages, als er aus der Schule kam, wunderte er sich; wo früher ein Schrank gestanden hatte, stand jetzt ein Stuhl, die beiden geschweiften, ungefügen Sessel mit dem verschossenen roten Stoff waren überhaupt nicht mehr da; wo sie gestanden, lag ein Teppich; auch die beiden hohen Kaminstühle mit den gestickten Perlenblumen waren fort, und vor dem Kamine war es leer. Er ging ins Nebenzimmer, um zu sehen, ob sie wohl da hineingeraten wären, und dachte: Komisch, daß sie jetzt, wo es keinen Sinn mehr hat, noch alles anders stellen. – Aber auch hier sah es fremd, leerer aus. Die vergoldeten, schmalen, hohen Spiegel fehlten; da, wo sie früher standen, war jetzt ein dunkelroter Streif an der verschossenen Wand.

Er ahnte plötzlich, daß er sie nie mehr sehen werde; seine Mutter bestätigte es; ein Antiquar war am letzten Tage dagewesen; in den nächsten Tagen würde man noch andere Möbel abholen. – »Aber das geht doch nicht!« rief er in plötzlicher Entrüstung, »das geht doch nicht, daß man uns unsere Möbel fortholt, solange wir noch hier wohnen! Und überhaupt, daß ist doch furchtbar, daß sie verkauft werden!« – »Aber du weißt doch, Thomas, daß wir neue Möbel bekommen, und daß viele schon in der neuen Wohnung stehen!« – »Ja, aber deshalb braucht man die alten doch nicht zu verkaufen!« – »Aber was wollen wir denn mit ihnen machen?« fragte Frau Elisabeth und sah ihn etwas unsicher an. – Er hatte darüber noch gar nicht nachgedacht, aber jetzt rief er schnell und heftig: »Doch lieber verbrennen als verkaufen! Sie gehören doch uns und können nicht in fremde Häuser hinein oder in einen Laden zwischen altes Gerümpel. Das ist doch gräßlich, empörend!« – »Du wirst dich noch an manches gewöhnen müssen.« – »Ich schäme mich aber, wenn man mich fragt.« – »Du brauchst dich nicht zu schämen bei dem, was dein Vater tut.« – »Aber es ist *doch* eine Gemeinheit, eine furchtbare Gemeinheit« – brach er los. – Frau Elisabeth verwies ihm dieses letzte Wort. Da rief er: »Du bist auch auf seiner Seite!« – Er wollte noch mehr sagen, fand aber keine Worte, ging zur Tür und warf sie hinter sich ins Schloß. Seine Mutter wollte ihn zurückholen, blieb aber unbeweglich und starrte ihm nach.

Am nächsten Tage waren wieder Veränderungen vor sich gegangen, Thomas beeilte sich auf seinem Schulwege. So ging es Tag für Tag.

Einmal traf er fremde Männer im Gang, die einen ungefügen, fast schwarzen Schrank auseinandernahmen. Solange Thomas denken konnte, stand er da, so fest, so sicher wie das Haus selbst. Er rannte zu seiner Mutter: »Ich *will* nicht, daß der Schrank verkauft wird« – aber er las in ihren Augen, daß es schon zu spät war.

Sie sprach mit dem Justizrat. – »Unsinn!« sagte er; »Sentimentalität! Soll ich mich seinetwegen weiterschleppen mit dem alten Zeug?« – Und er sprach selbst mit Thomas: »Es ist schön von dir, daß du an den alten Dingen so hängst; wir sollen das Vergangene ehren, Dinge ebenso wie Menschen; aber wir dürfen nicht einseitig sein und müssen auch dem Neuen sein Recht einräumen. Übrigens werden wir noch immer manches von den alten Sachen zurückbehalten müssen, mehr als mir lieb ist; du kannst also ganz beruhigt sein.«

Es war ein ödes, trauriges Gefühl, wenn er nun durch die Zimmer ging und um sich blickte; so, als sei er eigentlich nicht mehr darinnen, oder als seien die Möbel nicht mehr da. – Oft stand er plötzlich von seinen Schularbeiten auf und lief in irgendeinen Raum, der ihm mitten im Schreiben eingefallen war, und von dem er mit einem Male das Gefühl hatte, er sei überhaupt nicht mehr da. Zuerst bezwang er sich, indem er sich sagte, es sei unsinnig, kindisch, was er da denke, aber der Gedanke kam immer wieder, immer dringlicher, und endlich stand er auf und ging, nur um ihn loszuwerden. Dann sah er die anderen Räume, die er durchschreiten mußte, überhaupt nicht an, und zögerte vor dem letzten, ehe er ihn öffnete, und ihn wiederum beachtete er nicht, wenn er ihn durchschritt, um einen anderen zu suchen.

Aus diesen Gängen wurde endlich ein planloses Irren, er wußte nicht mehr, was er suchte, er war von einer allgemeinen dunklen Angst erfaßt.

Die Stuben standen voll von Kisten, die Bilder wurden von den Wänden genommen, endlich fehlten auch die Gardinen, alles war eingepackt, nur das Notwendigste, zum täglichen Leben Nötige war noch da. Die Fußböden waren nackt, die Tritte hallten, die Wände schienen noch höher als sonst.

»Übermorgen um diese Zeit ziehen wir in die neue Wohnung!« sagte Ursula; »dann singen wir: So leb denn wohl, du altes Haus; und für Thomas will ich drei Taschentücher einstecken.«

Thomas achtete nicht auf ihre Worte; er war seit einigen Tagen in einer inneren Erstarrung; langsam, ohne Gemütsbewegung, hatte sie sich in ihm vorbereitet, mehr und mehr senkten sich die Schleier auf ihn nieder.

»Es ist ja gar nicht möglich!« sagte er einmal laut, und erwachte durch seine eigenen Worte aus einem langen, tiefen Brüten. »Es ist ja gar nicht möglich!« wiederholte er, während schon die Wirklichkeit wieder um ihn stand, die er auf Augenblicke ganz vergaß, wenn er nur die starren, schweigenden Wände um sich fühlte.

Am letzten Abend stand er an seinem Schlafzimmerfenster.

Hoch und regungslos stand der Garten, feierlich umschlossen von dem Hause. Die Sonne ging zur Rüste, alles war wie immer, genau so, wie er es als ganz kleines Kind gesehen. Still und friedlich, als ob nichts sich geändert, lag das Haus im Abendlichte, lautlos stand der Garten, nur der höchste Wipfel der Linde bewegte sich leise.

Morgen sollte er das alles auf immer verlassen.

Dieser Gedanke wurde ihm immer unfaßbarer, so unfaßbar, daß er ihn fortwährend vergaß. Irgend etwas mußte eintreten, das alles änderte.

Friedlich lag das Haus im Abendlichte.

Wie wird es wohl, wenn sie alle in dem neuen Hause sind! –

Aber er ging ja mit ihnen – wenn er auf die alten Mauern sah, wenn er den Blick richtete auf all das, was er verlassen sollte, schwand ihm immer wieder langsam und vollkommen die Wirklichkeit, er fühlte sich eins mit allem, er vergaß, daß er selbst ein Mensch war, ein Körper wie jeder andere. Jenes Gefühl, das ihn als Kind zuweilen faßte, das er seither fast ganz vergaß, es schaukelte ihn wie nie zuvor. Er fühlte sich selbst, und während er sich fühlte, war er sich wieder längst entflohen, sich selber grauenhaft und fremd; und fern und fremd erschienen ihm die Menschen, die, die er nicht kannte, und die, die ihm vertraut und lieb waren.

Mit leerem Blick irrte er durch alle leeren Räume.

Der Tag war da; er erhob sich aus traumlosem, festem Schlaf. Er kleidete sich an wie jeden anderen Morgen, er ging zur Schule wie an jedem anderen Tag, er antwortete wie immer, wenn er gefragt wurde, und er kehrte wie immer um die Mittagszeit nach Hause zurück. Er aß auch wie an jedem anderen Tag, nur daß es ihm schwerer wurde, daß er sich zu jedem Bissen zwingen mußte. In einer Stunde würde der Wagen vorfahren, der sie in die neue Wohnung brachte.

Frau Elisabeth wollte diese letzte Stunde mit ihren Kindern verbringen. Aber Thomas sagte, er wolle allein sein. Sie fühlte sich zurückgestoßen, sie wollte etwas entgegnen, aber sie vollendete ihre Worte nicht, denn er sah sie mit einem so großen und sprechenden Blicke an, daß sie scheu verstummte.

Er ging in sein Schlafzimmer, verriegelte die Tür, legte sich auf den leeren Boden, hielt die Hände vors Gesicht und schloß die Augen.

Ursula sah, wie ihre Mutter blaß und traurig war, vermutete, es sei hauptsächlich Thomas' wegen, lief ihm nach und klopfte an die verschlossene Tür. Anfangs antwortete er nicht, aber als sie immer lauter seinen Namen rief und immer heftiger anpochte, schrie er endlich: »Laß mich in Ruhe, ich lese!«

»Er liest!« sagte sie empört zu ihrer Mutter; »Thomas hat nicht einen Funken von Zartgefühl. Es ist doch wirklich keine Kleinigkeit, so eine letzte Stunde in einem Hause zu verbringen, in dem man aufgewachsen ist. Da wachen doch alle Erinnerungen auf, und man fühlt erst so recht, was man verliert. Aber Thomas ist eben noch sehr jung, und deshalb muß man ihm verzeihen. Nun wollen wir beide uns noch hier in einen Winkel setzen, und da sollst du mir erzählen, wie es war, als ich ganz klein war.« – Sie ließ sich in eine Ecke nieder und sagte: »Komm, gib mir deine Hand. Sei doch nicht so traurig«, fuhr sie fort, als sie sah, wie ihre Mutter mit gesenktem Kopfe dastand, »laß mich wieder dein ganz kleines Kind sein!« – Sie klatschte aufmunternd in die Hände. Sie wußte aus Büchern, daß in großen Augenblicken Vergangenes im Menschen aufwacht, ja sie hatte gelesen, daß ein alter Mann, der hochangesehen aus dem Leben schied, in seiner letzten Stunde vermeinte, wieder der törichte kleine Geißbub zu sein, der er in seiner Kindheit war; und so wollte sie sich selber wieder ihre Kindheit verzaubern, sich vortäuschen, sie sei das ganz kleine Mädchen von früher und nicht die erwachsene junge Dame.

Frau Elisabeth durchschaute das nicht ganz, dies Wesen ihrer Tochter war ihr nur unsympathisch, aber da Thomas sich so zurückgezogen hatte und sie sich wirklich verlassen und hilfsbedürftig vorkam, so setzte sie sich neben sie, legte dankbar den Arm um ihren Hals, was sie seit Jahren nicht getan, und fing an, von Ursulas frühester Kindheit zu erzählen; und Ursula hörte gespannt zu, um nichts zu vergessen, denn all das wollte sie später in ihre Selbstbiographie bringen, wenn sie erst berühmt war. – Und während Frau Elisabeth scheinbar von Ursula erzählte, war es doch immer nur Thomas, an dessen Kindheit sie dachte, von der sie erzählte, ohne es zu wollen. – Sie bemerkte es endlich selber, und in plötzlicher Erschütterung brach sie in ihren Worten ab und wandte sich zur Seite, um ihre Tränen zu verbergen. Aber Ursula bemerkte sie doch; und da sie durch die Aufregung, durch die Selbsttäuschung, in die sie sich versetzt, durch die Erzählungen ihrer Mutter, in denen sie sich rührend erschien, selbst gerührt worden war, so brach sie in Tränen aus, ohne eigentlich zu wissen, warum. Dann wollte sie wieder ihre Mutter trösten, indem sie halb meinte, sie weine ihretwegen, über die dahingegangene Kindheit, aber Frau Elisabeth schüttelte abwehrend den Kopf und flüsterte: »Das ist es nicht.« – Da dachte Ursula, es sei des Hauses wegen, das sie verlassen mußten – natürlich, es konnte ja auch gar nicht anders sein; es war ja auch furchtbar und entsetzlich, daß sie die Stätte ihres Glückes, daß Ursula selbst die Stätte ihrer Kindheit verlassen sollte; sie hatte ebensoviel Gefühl wie ihre Mutter, ja noch mehr; sie schluchzte laut, und als nun das Mädchen den Wagen meldete, bekam sie fast einen Weinkrampf.

Thomas erschien auf der Schwelle, in Hut und Mantel. Er sah blaß und ruhig aus und sah mit abwesendem Blick auf die beiden. Ursula fiel ihm um den Hals und küßte ihn, sein Gesicht zeigte weder Überraschung, noch sonst etwas.

Langsam schritten sie die Treppe hinab; am Wagen kehrte er noch einmal um, die Haustür zu schließen. Da sah er, daß das Tor in seiner ganzen Weite geöffnet war. Er ließ die Hand, die er schon gehoben, wieder sinken, und ohne sich noch einmal umzusehen, fuhr er mit den übrigen davon.

11.

Der Wagen hielt vor dem neuen Hause, die Dienstboten eilten die Steintreppe hinab. Ein grünes Gewinde und ein rotes Willkommensschild prangten über der Türe. Aus den umliegenden Häusern schauten Neugierige hervor. Thomas stolperte die Treppe schnell empor und drehte sich im Vorplatz ungeduldig um. Was zögerte seine Mutter noch da draußen vor dem Hause? Und Ursula – er konnte sie überhaupt kaum ansehen, in ihrem Sonntagskleide, mit den verweinten Augen, die schon wieder ganz vergnügt blickten. Jetzt hörte er sie heraufkommen, und unwillkürlich ging er zum ersten Stock empor, um dort wiederum zu warten. Aber sie kamen nicht; er hörte die Stimme seiner Mutter, welche Anordnungen erteilte. – Drunten sah alles noch wüst und ungeordnet aus, viel schlimmer, als Frau Elisabeth sich vorgestellt hatte. Die Möbel standen zum Teil in falschen Zimmern, und man mußte sie auf den Vorplatz schaffen, um die richtigen hineinzubringen. Dort standen große vernagelte Kisten, und neue wurden von außen herbeigeschleppt von Arbeitern in blauen Blusen; es war ein wirres Durcheinander; sie riefen sich gegenseitig zu, dumpf schlugen die Kisten auf den Boden, das Geräusch von vielen Tritten, ungleichmäßig, schlurfend, ziehend, stoßend, schwirrte durch die Luft, die der Dunst der Arbeit füllte, Tragtücher, Pappen, Stricke, Umhüllungen lagen überall herum, Schmutz und Staub fleckten den Boden. – Thomas stand noch immer unbeweglich oben am Treppengeländer und sah hinab auf das Treiben unter ihm. Ursula lief die Stufen hinauf; schnell wandte er sich fort und stieg in großen Schritten geräuschlos eine Treppe höher. Ein paar Türen schlugen im unteren Stockwerk zu, dann war alles ruhig; der Lärm vom Erdgeschoß klang hier um einige Meter ferner. Wieder hörte er die Türen zuschlagen, Ursula lief die Treppe hinab, und ließ sich, um schneller nach unten zu kommen, vor der letzten Wendung auf dem Geländer niedergleiten.

»Wo ist eigentlich Thomas?« hörte er seine Mutter sagen. – Sie sollten ihn hier oben nicht finden; schnell tappte er, so leise es anging, die Stufen wieder abwärts und verschwand im ersten Stock in irgendeinem Zimmer. Gleich darauf hörte er den Schritt seiner Mutter, und wie sie nun wirklich eintrat, fand sie ihn bemüht, ein schweres Möbel, das mitten auf dem Boden stand, irgendwohin an die Wand zu schieben. Sie tat, als verwunderte sie sich nicht, und sagte: »Wenn du mithelfen willst, so komme nach unten, da gibt es jetzt vor allem etwas zu tun.« Sie wandte sich wieder hinab, und er folgte ihr. – »Erst müssen wir das Wohnzimmer in Ordnung bringen«, sagte sie, »daß man wenigstens einen Fleck hat, wo man sich ausruhen kann.« – Sie sah dabei in einen falschen Raum, fand dann aber gleich den richtigen. Lauter fremde neue Möbel standen hier herum, sie wußte bei einigen nicht sofort, was sie bedeuteten, so eigenartig und modern waren sie. Ursula aber erriet alles gleich, und da sie viel praktischer war als ihre Mutter, und ihre Vorschläge, nachdem man anderes versucht, sich doch stets als die besten erwiesen, so leitete sie alsbald das Ganze.

Thomas wußte nicht recht, wie und wo er zufassen sollte, ging bald hier-, bald dorthin, stand schließlich nur im Wege, ließ sich von den Arbeitern beiseite schieben und stellte sich endlich in einen Winkel, wo die vorspringenden, knochenartigen Kantengebilde zweier gleichgebauter Schränke ihn von beiden Seiten schützten. Er war so müde; alle Stimmen klangen ganz entfernt. Ursula lachte laut, wie sie ihn so stehen sah, und Frau Elisabeth meinte, er solle lieber nach oben gehen, die zweite Tür nach rechts, dort sei sein Zimmer. – »Die dritte Tür«, rief Ursula hinter ihm her, »die dritte!« – Er ging langsam hinauf, blieb aber erstaunt auf der Schwelle stehen: Da war der alte schwere Tisch aus dem Wohnzimmer, das strohgeflochtene Sofa seines Schlafzimmers, ein dunkler geschnitzter Schrank, der Teppich aus dem Eßzimmer lehnte in einer Ecke, alles, alles waren Dinge aus dem alten Hause. Er wagte kaum näher zu treten und hielt fast den Atem an. Endlich schritt er leise auf den Schrank zu und berührte ihn mit den Fingerspitzen; er fühlte ihn, fühlte ihn wirklich; es war keine Täuschung. Er schloß die Augen.

Daß er einmal in dem alten Hause war, erschien ihm lange, lange her. Und doch wußte er: Noch vor ein paar Stunden hatte er dort allein, in seinem Schlafzimmer, auf dem Boden gelegen. War das nicht ein Traum? War er nicht weit, weit fortgereist, so weit, daß er nie zurückzukehren vermochte? Lag das Haus wirklich nur eine halbe Stunde von hier entfernt, konnte man es auf einem Gange wie auf jedem anderen erreichen? Wohnten noch die Menschen in den Nachbarhäusern, die früher darinnen waren? War nicht alles fort, verschwunden? – Ein breites dunkles Band schwebte ungesehen vor seinem Blicke, die Laute von unten klangen ganz aus weiter Ferne. – »Ja!« rief er auf einmal, denn draußen stieß jemand scharf gegen die Tür. Er wollte sich in seinem Bett aufrichten, aber er stand aufrecht mitten im Zimmer. Im nächsten Augenblick öffnete sich die Tür, zwei Arbeiter, die etwas Ungefüges schleppten, stampften schwerfällig herein. Thomas tat einen Schritt, ein leichter Schwindel kam und ging, sie setzten ihre Last nieder und gingen wieder hinaus, ohne die Tür zu schließen. Thomas ließ sie offen. Was wollte er eigentlich hier? Er konnte ebensogut hinabgehen.

Als Frau Elisabeth ihn sah, fiel ihr sogleich die Überraschung mit den Möbeln ein, die sie sich für ihn ausgedacht hatte, und sie sah ihn mit erwartungsvollem Blick an. Aber er hatte das schon wieder vergessen, und auf seinem Gesichte stand nicht die Freude und Dankbarkeit, die sie erwartete. »Freust du dich denn gar nicht darüber, Thomas?« Er nickte eifrig, mit ernsthaftem Gesicht, indem er langsam in eine Ecke ging und gedankenlos emporgriff nach einem Stützpunkt für seinen Arm. – »Sieh mich doch wenigstens an, Thomas!« sagte sie mit verhaltener Stimme; »ich habe mir doch das für dich ausgedacht!« Er sah auf sie, blickte aber gleich wieder fort; sie sah so verändert aus, in ihrer großen Schürze, mit ihrem gelockerten Haar, von dem sich eine Flechte gelöst hatte, ohne daß sie es wußte, und auf der Wange hatte sie einen verwischten schwarzen Fleck. – Sie ertrug dies kalte Wesen von ihm nicht länger, ging auf ihn zu und faßte ihn an beiden Schultern: »Wie bist du denn jetzt immer gegen mich? Hast du mich denn gar nicht mehr lieb?« – Aber er drehte das Gesicht ab und drängte sie leise von sich fort. – »Du siehst ganz anders aus!« sagte er halblaut, stockend, wie zur Entschuldigung. – Frau Elisabeth warf einen Blick in den Spiegel. »Aber Thomas« – sie begriff ihren Sohn nicht mehr, und etwas krampfte sich in ihr zusammen – »aber Thomas, hast du mich denn darum weniger lieb, weil bei der Arbeit hier etwas an mir in Unordnung geraten ist?« – Er seufzte tief und ungeduldig, antwortete nicht, ging wieder hinaus, auf sein Zimmer, aber darin waren Arbeiter; er wollte in ein anderes, aber es war von innen irgendwie versperrt.

»Ich halte dies nicht mehr aus!« schrie er plötzlich.

»*Was* hältst du nicht mehr aus?« – Es war die Stimme seines Vaters, der inzwischen angekommen war und sich unten den Mantel auszog. Thomas verhielt sich totenstill, der Justizrat fragte seine Frau, was mit ihm geschehen sei. Sie wollte ablenken, verschweigen, aber Ursula brach los: Thomas' Benehmen sei empörend, geradezu roh; sie erzählte den ganzen Vorgang von vorhin, genau so, wie er gewesen war, und schloß mit den Worten: »Er tut so, als ob er der König wäre, dem alle folgen müßten, liegt auf den Stühlen umher und ist mißgelaunt, weil andere sich durch ihn die Laune nicht verderben lassen, sondern helfen und mitanfassen, so wie es sich gehört.«

Der Justizrat ging ohne weiteres nach oben. Thomas hörte seinen Schritt, und lautlos stieg er eine Treppe höher; der Justizrat folgte ihm. Eine tödliche Angst befiel ihn; er wollte in eines der nächsten Zimmer fliehen, aber er dachte plötzlich: Es ist ja doch alles gleich, er mag tun, was er will. – Der Justizrat war inzwischen heraufgekommen, packte Thomas am Arm und zog ihn in den nächsten Raum hinein. – »Da höre ich ja nette Geschichten von dir, mein Sohn!« fing er an. Ursprünglich hatte er – durch den Wohnungswechsel und die ganze Unruhe des Tages in seiner Stimmung gehoben – die Absicht gehabt, ihn einfach zu züchtigen, aber wie er den blassen Jungen mit den kalten grauen Augen vor sich sah, erschien er ihm plötzlich viel zu groß für diese Strafe. Auch hatte er Thomas noch nie geschlagen.

»Du bist in einem Alter«, fuhr er fort, »wo man dich nicht mehr als ein kleines Kind behandeln kann. Meint deine Mutter es nicht gut mit dir? Tut sie nicht alles für dich, was sie sich nur ausdenken kann? Und wie lohnst du es ihr? Mit Schmollen und Mundverziehen und Grobheit!

Schließt dich in die Zimmer ein, wo du weißt, daß jeder zupackt und tätig ist und hilft, daß es alle bald gemütlich haben. Jeder andere Junge benähme sich anders als du; Onkel Matthäus hat mir sogar gesagt, daß sein Sohn sehr gern käme und hülfe, und der hat doch wahrhaftig kein Interesse daran, daß hier bald alles in Ordnung kommt! Ich begreife es ja vollständig, daß dir der Abschied von dem Hause nicht leicht geworden ist, er ist uns allen nicht leicht geworden. Aber, du lieber Gott, das ist doch nun einmal so und läßt sich nicht ändern! Gerade wenn du hier fleißig mithülfest, kämest du am leichtesten über die Sache hinweg. Was würde wohl geschehen, wenn wir uns alle, jeder für sich, in eine Ecke stellen und ausrufen wollten: ›Ich halte es nicht mehr aus!‹?« – Thomas war während dieser Rede vollkommen ruhig und gelassen geworden. Sein Vater bemerkte dies, er glaubte fast ein Lächeln um seine Lippen zu sehen, schrieb es seinem letzten Satze zu und wiederholte: »Nicht wahr, das wäre komisch!« und lachte selbst ermunternd. – Er will sich seiner Würde nichts vergeben! dachte er und klopfte ihm auf die Schulter. – »Nun komm mit hinunter, wir essen bald zu Abend. Und am ersten Abend will ich fröhliche Gesichter um mich sehen.« – Er zauderte noch einen Augenblick, indem er überlegte, ob er Thomas veranlassen sollte, seine Mutter um Verzeihung zu bitten, fand es dann aber besser, der ganzen Angelegenheit weiter keine Wichtigkeit beizumessen, nachdem sie einmal durchgesprochen war, und sagte: »Geh voran.«

Das Abendessen verlief unruhig, das Geschirr war noch nicht alles beisammen, die Köchin, an die altmodische Küche gewöhnt, wußte noch nicht recht mit den Schnellbrennern auf dem neuen, funkelnden Herde umzugehen, und das Serviermädchen hatte Mühe mit dem Aufzug, der die Speisen hinaufbeförderte.

Wie Thomas zu Bette ging, klopfte ihm sein Vater noch einmal aufmunternd auf die Schulter. Seine Mutter suchte ihn in seinem Zimmer auf, wunderte sich, daß er schon zu Bett lag und das Licht gelöscht hatte, und setzte sich leise zu ihm auf den Bettrand.

Undeutlich konnte sie in dem dämmerigen Zimmer, in dem noch die Gardinen fehlten, sein Gesicht erkennen, dessen offene Augen zur Decke sahen.

»Laß uns nichts zusammenreden, Thomas, laß mich nur bei dir sein.« – Sie legte ihren Kopf an seine Brust, und leise, damit sie es nicht zu sehr merke, schlang er seinen Arm um sie. So lagen sie eine lange Zeit.

Von fernher schlug eine Turmuhr, dieselbe, die er hörte, wenn er daheim im Bette lag; vom alten Turm her. Jetzt klang sie aus größerer Ferne.

Da wurde sein Atem schwerer, seine Brust ging höher, er öffnete die Lippen, er begann zu keuchen, und nun zitterte sein Körper in lautlosem Schluchzen. – Sie richtete sich halb empor und zog seinen Kopf an ihre Brust. Er umklammerte ihre Schulter.

Frau Elisabeth fühlte, daß jedes Wort des Trostes, wenn auch noch so zart, ihn nur beengen würde, sie schwieg, voll Dank, daß er sie wenigstens nicht von sich wies, daß ihre Gegenwart ihm etwas Trost sei, wie seine Umschlingung es ihr sagte, daß sie ihm doch etwas Teures war, ihm, der ein so einsames, rätselvolles Dasein führte. Sie begann seine Hand zu streicheln, stockte aber bald, da sie fühlte, daß es ihm nicht lieb war, in Angst, seine Seele, die ihr jetzt so nah war, könne wieder fliehen. –

Der nächste Tag brach an, Thomas besann sich, wo er war. Er mußte früh aufstehen, denn die neue Wohnung lag entfernter von der Schule. Er ging nicht den nächsten Weg, der ihn hätte über den Markt führen müssen. In der Schule fiel seine Blässe auf, aber sonst schien er wie immer, nur daß er in den Pausen sich von allen fernhielt. Auch zu Hause war er stumm und saß oft grübelnd in seinem Zimmer, zwischen den alten Möbeln, die ihm anfangs wohltaten, aber bald fast unerträglich wurden, so stumm und tot und wesenlos erschienen sie. Manchmal kam er sich vor, als sei er selber nicht mehr lebend. Er ging herum wie früher, aß, trank, schlief, sprach, machte seine Schularbeiten, aber es war, als sei kein Blut mehr in ihm. Er fühlte sich immer matt und schlafbedürftig, sein Gesicht wurde schmal und hell.

Unter seinen Kameraden hatte es sich bald herumgesprochen, woran er litt. Er tat ihnen plötzlich leid, sein Hochmut von früher war vergessen, sie wollten versuchen, ihn wieder in ihren Kreis hineinzuziehen. Aber keiner wollte der erste sein, denn es war ungewiß, wie Thomas es aufnehmen würde. Da erbot sich Alexander, mit ihm zu sprechen; er tat es zwar nicht gern, aber er hatte Mitleid mit ihm und dachte, jetzt, wo er sich ganz verlassen vorkomme, werde vielleicht doch etwas von der früheren Freundschaft, wenn er ihm herzlich nahe, aufwachen.

So blieb er eines Tages nach Schulschluß länger als die anderen in der Klasse, da er wußte, daß Thomas jedesmal den Schwarm sich erst verlaufen ließ, ehe er selbst nach Hause ging. Thomas erhob sich und wollte mißtrauisch an ihm vorbeigehen. Alexander hielt ihn auf. Seine Ledermappe, die er unter dem Arm hielt, funkelte und glänzte im Schein der Mittagsonne. Thomas musterte ihn mit einem Blicke.

»Was willst du?«

Alexander begann nun zu sprechen; er fing an, sich vor allem zu entschuldigen, falls das, was er sagen würde, Thomas unangenehm wäre. Und dann sprach er davon, wie seine Zurückgezogenheit allgemein bedauert würde, und daß man wünsche, er möge doch mehr Kameradschaft zeigen. – »Du tust uns allen ja so leid!« –

Thomas blickte in diese freundlichen, wohlwollenden Augen, ließ plötzlich seine Bücher fallen, und ehe Alexander etwas weiteres denken konnte, fühlte er sich zu Boden geworfen und unter Thomas' heftiger Mißhandlung vergingen ihm fast die Sinne.

»Jetzt werdet ihr mich wohl in Ruhe lassen, und du vor allen anderen!« – Er raffte seine Bücher vom Boden und entfernte sich, während Alexander, wie aus einem Traume, sich mühsam erhob. – Er ist verrückt, er muß verrückt sein! dachte er, und am nächsten Morgen warnte er seine Mitschüler vor ihm: Er sei leidenschaftlich erregt gewesen, und wenn man den Versuch der Annäherung wiederhole, könne er sich wohl gar zu Tätlichkeiten hinreißen lassen.

Thomas selbst fühlte sich nach jenem Vorfall erleichtert, Alexander gegenüber. In letzter Zeit hatte sich sein Gefühl zu ihm zu einem unklaren, aber tiefen Haß gesteigert, und den war er nun los. Fortan war er ihm so gleichgültig wie jeder andere. Endlich hatte er Rache an ihm genommen. Wie er in sein Zimmer trat, fühlten es die alten Möbel, dankten sie ihm still. Unwillkürlich sah er empor zur Wand – – und mit einem Schlage stand Maos Bild vor seiner Seele.

Wo war Maos Bild?

Sein Blick haftete noch an der leeren Stelle, wohin er ihn gerichtet, und Räume, Menschen, Bilder, Gedanken, Farben, alles rauschte in einem Augenblick an ihm vorüber, ohne sich zu etwas Festem zu verdichten.

Wo war Maos Bild? – – Ein ferner, dunkler Horizont stand für einen Moment vor seiner Seele, dann war es eine abendliche Straße, auf der eine fremde Gestalt ging, dann undeutlich rauschendes Blättergewirr.

Mit plötzlicher Wucht war dieser Gedanke in ihn getrieben, so wie des Nachts ein Blitz herniederfährt und das schlafende Leben am Himmelsrande aufstört. Keines weiß vom anderen, es regt sich und fällt wieder in den Schlaf zurück, und dort, wo der Blitzstrahl traf, kämpft es wachend.

Wo war Maos Bild?

Ein breiter, nebliger Abgrund lag zwischen jetzt und damals, wo es um ihn, wo es in ihm war.

Er ging durch alle Zimmer, es zu suchen. Er fand es nicht. Er suchte täglich, heimlich, ungesehen; Maos Bild blieb fort. Endlich überwand er sich und fragte seine Mutter. – »Das Bild muß da sein!« sagte sie; »es ist ja immer noch nicht alles ausgepackt. Willst du mit mir suchen?«

Sie leerten die letzten großen Kisten; das Bild war nicht darunter. – »Ich kann mir nicht denken, wo es geblieben ist!« sagte Frau Elisabeth; plötzlich machte sie ein ganz erleichtertes Gesicht: »Oben auf dem Boden sind noch ein paar Kisten mit alten Sachen, da muß es hineingeraten sein!« – Sie gingen hinauf, Thomas zog die Kisten vor. Die erste enthielt nichts als dicke, verschnürte Pakete mit vergilbten Bändern. – »Alte Familienbriefe; da kann es nicht darunter sein!« sagte Frau Elisabeth. Aber Thomas packte trotzdem alles aus. – »Hier in der zweiten scheinen Bücher zu sein«, sagte sie weiter. Auch sie enthielt das Bild nicht. – »Nun ist noch die dritte, größte übrig«, sagte sie mit innerer Beklommenheit; »gewiß, Thomas, es ist darunter.« – Er war ohne Glauben, und doch beeilte er sich wortlos, sie zu öffnen. – »Siehst du, es sind Bilder darin!« Sie war ganz erleichtert und hoffte nun wirklich, es zu finden. Eines nach dem anderen tat Thomas heraus, ein paarmal griff er hastiger zu, die Kiste wurde leerer und leerer. Es waren lauter alte Bilder, darunter mehrere, die er nie gesehen zu haben sich erinnerte. Aber er blickte sie kaum an und suchte weiter. – Da ist es! dachte er auf einmal und wollte vorsichtig die Ecke eines alten, dunklen Rahmens fassen, aber im selben Augenblick, noch ehe er ihn berührte, wußte er, es war es nicht. Frau Elisabeth selbst griff in Erwartung zu, ließ es aber enttäuscht wieder sinken. Thomas hob es heraus, ohne es anzusehen. – Die Kiste war leer, es hatte keinen Zweck, das Papier aufzuheben, das den Grund bedeckte, und er ließ es wieder sinken.

Als er sich aufrichtete, war er totenblaß. Seine Mutter suchte ihn zu beruhigen: Das Bild könne nicht verschwunden sein, es werde sich mit der Zeit gewißlich finden, auf einmal, ohne daß man es suche, und nur zu wissen, daß es da sei, wäre doch schon ein Trost. Aber Thomas wußte es anders; nicht weil er alles durchsucht hatte, ohne es zu finden: Es stand mit unumstößlicher Sicherheit in ihm, daß es nicht in dem neuen Hause sei, so fest wie die Gewißheit, daß er selbst nicht mehr in dem alten war.

Manche andere Dinge waren auf dem Umzug verloren gegangen. Frau Elisabeth verschmerzte sie leicht: aber gerade dieses Bild!! – Eine letzte Möglichkeit blieb noch. Sie ging zu den verschiedenen Antiquaren, die die Möbel kauften, und fragte, ob vielleicht durch Zufall ein altes Bild dazwischengeraten sei; aber niemand wußte davon; man suchte ihr zu Gefallen alles durch, aber das Bild war fort. Endlich fragte sie ihren Mann, ob er etwas davon wisse. Aber der Justizrat wußte zuerst überhaupt nicht, welches Bild sie meine, und dann schüttelte er nur den Kopf. Da wollte sie noch Ursula fragen, aber wie sie schon anhub zu sprechen, unterließ sie es wieder, aus irgendeinem Gefühl. Was konnte außerdem Ursula von dem Bilde wissen. –

Immer einsilbiger wurde Thomas; seines Vaters Reden nützten nichts, auf seine heftigen Fragen antwortete er endlich überhaupt nicht mehr, und der Justizrat kam sich vor, als rede er zu einem toten Baum, wie er es nannte. Aber er tröstete seine Frau, die um Thomas in tiefer Sorge war, und wollte nichts von dem Plane wissen, ihn für einige Zeit aufs Land zu bringen, nach dem Süden: »Hier muß er sich frei machen, sich durchringen; es ist ein ganz falsches Prinzip, den Kindern Kämpfe zu ersparen oder zu erleichtern. Er wird die Sache schon überwinden; man muß ihm nur Zeit lassen; allerdings, wenn die Sache ausartet, muß man mal dazwischenfahren und, wenn Vernunft nicht hilft, einfach loswettern. Schließlich ist er ja doch noch fast ein Kind, und bei denen ist so etwas manchmal viel angebrachter als alles andere.« – Aber auch dieses Loswettern half nichts, und die Sache, wie es der Justizrat nannte, blieb dieselbe. – Daß auch noch das mit dem Bilde dazukommen mußte! dachte Frau Elisabeth; ist es nicht wirklich beinah unheimlich?

Aber noch unheimlicher war die langsame Veränderung von Thomas' Zügen. Und sie grübelte: An wen erinnert er mich nur? Eines Tages sah sie ihn ganz überrascht an, wie er in einer Ecke saß und geradeaus blickte. Da wußte sie: Es war das Bild.

Ganz unberührt von allen Ängsten und Fragen blieb Ursula. – »Thomas ist ein armer Junge«, pflegte sie zu sagen; »meinetwegen mag er sich mit unnützen Grillen plagen, ich lasse mir dadurch nicht die gute

Laune verderben. Ich finde das neue Haus ganz wundervoll und sitze viel lieber in dem modernen Milieu als oben zwischen dem alten, wurmstichigen Gerümpel. Thomas hat eben keinen Geschmack, das ist die ganze Geschichte. Aber er wird schon älter und vernünftiger werden.« – Er tat ihr wirklich leid, der arme Junge; aber sie konnte ihm nicht helfen, außerdem hatte sie, wie sie sagte, kein rechtes Talent, mit jungen Menschen umzugehen. Sie interessierten nur große, problematische Charaktere, wie die Geschichte und vor allem die Bühne sie darbot. Und was den weiblichen Teil derselben betraf, so fühlte sie sie alle in sich und glaubte sich berufen, sie später zu verkörpern. Sie stand dicht vor dem Ende ihrer Schulzeit und freute sich auf die Stunde, wo sie entlassen wurde, denn für diesen Tag war eine abendliche Feier angesetzt, für die sie, zusammen mit den übrigen scheidenden Mädchen, eine besondere Überraschung für die Oberleiterin plante: Sie wollten ein kleines Festspiel geben, in dem die Genien Fleiß, Ordnung, Klugheit und manche andere auftreten und die junge Generation segnen sollten, während der Geist des Hauses einen eröffnenden Prolog hielt und zum Schluß einige längere Worte der Weihe sprach und Ausblicke in die Zukunft tat. Ursula hatte das Ganze erfunden, gedichtet und die Rolle des Geistes eigens für sich geschrieben. Zu Hause probte und übte sie vor einem großen Spiegel, immer wieder fielen ihr neue Feinheiten in Sprache und Bewegung ein. Bei Tisch bildete diese Aufführung ihren einzigen Gesprächsstoff; die Übungen hielt sie so geheim als möglich, ihre Eltern sollten an dem Abend selbst die erste wirkliche und starke Probe ihres Talentes sehen.

Und der Tag war da.

Schon am Morgen wurde sie entlassen; ihr Abschiedszeugnis war glänzend, nur Lobendes war gesagt, und am Schluß hatte ihr die Vorsteherin einige warme Worte für die Zukunft mitgegeben. Nun fehlte nur noch der Abend, um sie auf den Gipfel ihres Glückes zu bringen.

Am selben Mittag kam Thomas nicht zum Essen. – »Wahrscheinlich muß er nachsitzen!« sagte der Justizrat; »ich sage ja, er kommt wieder ins Bummeln, letzte Woche erst die Verwarnung, dann der Strafzettel – wenn das so weitergeht, kann's ja schön werden. Zur Strafe kommt er wenigstens um den guten Wein, den wir auf Ursulas Gesundheit trinken.« – Eine Stunde verging, der Justizrat lag längst auf seinem Sofa und las die Zeitung, Thomas war nicht da. Frau Elisabeth begann unruhig zu werden. Vielleicht schämt er sich, so dachte sie, und ist ganz leise nach

Hause gekommen und mag nun nicht nach unten gehen. – Sie ging hinauf zu seinem Zimmer; die Tür war von innen verschlossen. Sie klopfte und rief, aber es blieb drinnen still. Endlich eilte sie die Treppe hinab, zu ihrem Manne, der ein Gläschen Kognak schlurfte. – »Seine Tür ist verschlossen, aber er antwortet nicht!« – Der Justizrat sprang mit leichtem Satz empor und ging nach oben.

Nach einer Weile kam er mit gerötetem Gesicht zurück und ging aufgeregt im Zimmer auf und ab. – »Das hat noch gefehlt!« rief er; »direkter Ungehorsam, Widerstand, ja beinah Drohungen! – Zuerst vergewisserte ich mich, daß die Tür noch verschlossen war, dann rief ich: Aufmachen! Drei-, viermal ließ er mich rufen, immer heftiger, bis es ihm endlich beliebte zu antworten. Und was sagte er? Er mache nicht auf, er lasse mich nicht hinein. Und als ich ihm drohte, rief er: ›Und wenn du mich totschlägst, ich öffne nicht!‹ Und in einem Tone sagte er das, in einem Tone – ja ich finde gar keinen Ausdruck dafür!« – Frau Elisabeth suchte ihn zu beruhigen; Thomas sei jetzt so ungeheuer reizbar; irgend etwas Neues müsse sich ereignet haben, was ihn ganz um seine Fassung gebracht habe. Der Justizrat entgegnete noch etwas, sah plötzlich nach der Uhr, erklärte, es sei höchste Zeit, daß er gehe, sie möge diese Angelegenheit vorläufig mit Thomas allein ausmachen, er werde abends gleich in der Stadt essen und von da sofort in die Aufführung kommen; dann griff er nach seiner Aktenmappe und verließ das Haus.

»Thomas!« sagte Frau Elisabeth leise an seiner Tür, »Thomas, ich bin es! Willst du mir nicht öffnen?« – Wieder schwieg es, und sie hatte Qual im Herzen. Von fernher tönte Ursulas Stimme, die pathetisch Verse deklamierte. – »Thomas, so antworte doch wenigstens ein Wort, wenn du mich auch nicht hineinläßt. Was ist es denn? Was um Gottes willen ist geschehen?« – Wieder lauschte sie. Da hörte sie seine Stimme: »Ich bitte dich, laß mich allein.« – Sie wandte sich langsam ab, tat einige Schritte, wartete wieder, in Hoffnung, er werde sie zurückrufen, dann schritt sie zögernd die Treppe nieder. Und während sie wieder stehen blieb, gespannt nach oben lauschte, noch immer nicht ganz die Hoffnung aufgebend, er könne doch noch öffnen, hatte er längst wieder den leeren Blick ins Nichts gerichtet, unbeweglich, starr.

An diesem Mittag hatte er zum erstenmal das alte Haus wiedergesehen. All die Wochen vorher machte er täglich einen Umweg, um es nicht zu sehen. Die erste Zeit kostete es ihn keine Überwindung, im Gegenteil, dann aber mußte er sich dazu zwingen, und schließlich bedurfte es seiner ganzen Selbstbeherrschung, seines ganzen Willens. An diesem Tage nun faßte ihn eine Unruhe, und sie ward zur Todesangst. – Mittags suchte er es auf.

Seine Mauern ragten nackt zum Himmel, zur Hälfte wie in den Erdboden versunken, ohne Dach. Tor und Fenster waren verschwunden, alles kahl, tot. Und in diesem kahlen, toten Bau wimmelte es von Menschen, wie Insekten in einem riesigen Kadaver. Aus dem großen gewölbten Loch zu ebener Erde fuhr ein langer Wagen heraus; auf dem Wagen lag ein ungeheurer Stamm.

Thomas saß in seinem Zimmer, starr und unbeweglich. Die Dämmerung senkte sich langsam nieder, er spürte keinen Hunger, keinen Durst.

»Immer ist Thomas Spielverderber!« sagte Ursula, die das niedergedrückte Wesen ihrer Mutter sah; »nun freut man sich schon wochenlang auf diesen Tag und hat nichts davon. Papa hat mir nicht das Geschenk gemacht, das er mir heut nachmittag geben wollte, und du denkst nur an Thomas. Du läßt dich viel zu sehr von ihm beherrschen. Sein Benehmen ist geradezu empörend, du solltest strenger mit ihm sein.« – Frau Elisabeth gab ihr innerlich halb recht, aber ihr war tieftraurig zu Sinn. – Ursula trieb zum Ankleiden, es sei sowieso schon spät. Frau Elisabeth kleidete sich an. Dann ging sie an Thomas' Tür: »Thomas«, sagte sie leise, »mach dich fertig, wir müssen bald gehen, wir haben nicht mehr viel Zeit.«

Wieder eine Stille. Dann sagte er: »Ich gehe nicht mit euch.« –

»So sage mir Lebewohl.« –

Sie hörte seinen Schritt, der sich langsam der Tür näherte. Er öffnete, sie blickte in sein blasses, starres Gesicht, in dem die grauen Augen lagen.

»Lebewohl!« sagte er tonlos. –

Sie schloß die Tür, legte ihm beide Arme um den Nacken und sagte: »Thomas, mein geliebter Thomas, was ist geschehen?« – Er schwieg, dann sagte er mit ruhiger Stimme: »Ich habe das alte Haus gesehen.« – Das Blut lief ihr zu Herzen, nun wußte sie alles. – Sie zog ihn hin zu einem Stuhl und sprach lange, zärtlich, liebevoll zu ihm. Er hörte ihre Worte nicht. – »Du brauchst mich nicht zu trösten«, sagte er endlich mit sanfter, klangvoller Stimme.

Ursula pochte an die Tür.

»Geh mit uns, Thomas«, sagte Frau Elisabeth, »es wird dich auf andere Gedanken bringen.« – Er schüttelte den Kopf. Und sie empfand es selbst als schrecklich, wenn er in diesem Zustand mitging. – »Geh früh zu Bette, Thomas, und wenn du – – ich bleibe bei dir, Thomas, laß mich bei dir bleiben!« – Er wehrte ab. –

Ursula klopfte wieder, stärker.

Sie wollte sich erheben, aber sank zurück. Es war, als könne sie nicht fort von Thomas. –

Wenn ich allein mit ihm fortginge, weit fort, für immer! Dieser Gedanke, unmittelbar und stark, zuckte plötzlich in ihr auf. Aber fast gleichzeitig war es, als habe ihn ein anderer gedacht; fremd und unfaßlich schwand er in das Nichts. –

»Wenn du jetzt nicht kommst, wird es zu spät!« rief Ursula ungeduldig und öffnete die Tür. Frau Elisabeth drängte sie zurück. – »So leb wohl, Thomas!« sagte sie und neigte sich zu ihm. Da nahm er ihre beiden Hände und preßte sie an seine Stirn. Sie umschlang ihn leidenschaftlich.

»Ich bleibe zu Hause!« sagte sie, unten plötzlich stehen bleibend, zu Ursula; »fahr du allein; Thomas könnte mich nötig haben!« – Da aber brach Ursula in Entrüstung aus: Das sei zuviel! Sie warf ihr Lieblosigkeit, Gleichgültigkeit vor; Thomas habe sie immer lieber gehabt als sie, wie sie es über das Herz bringen könne, ihr nun auch noch dieses anzutun, an ihrem Ehrentage, nur einer Laune Thomas' zuliebe, dem doch nichts geschehen könnte, der doch gesund sei, zu Bette gehe wie immer, und der seinen Trübsinn am besten verschlafe, der sie doch überdies selbst fortgeschickt habe! Und was erst ihr Vater dazu sagen werde; sie wisse gar nicht, wie sie ihm das mitteilen solle, wo er sowieso heute schon so schlecht auf Thomas zu sprechen sei. – »Sag ihm, er wäre krank!« – »Aber Thomas ist doch gar nicht krank! Soll ich Papa wissentlich eine Lüge sagen? Das fällt mir gar nicht ein!«

Frau Elisabeth kämpfte mit sich selbst; auf der einen Seite stand ihre Furcht um Thomas, auf der anderen die Rücksicht auf die Familie, auf ihre Anforderungen, auf ihre Tochter, die sie tief verletzte, wenn sie zu Hause blieb, auf ihren Mann, mit dem es eine endlose Aussprache und Verstimmung geben würde, die schließlich doch nichts weiter erreichte, als daß seine Erbitterung gegen Thomas wuchs. Und vielleicht hatte Ursula ganz recht; vielleicht blieb Thomas wirklich am liebsten allein; vielleicht waren ihre Einbildungen ganz töricht. Und was bildete sie sich überhaupt ein? – Sie wußte es selber nicht, und wie sie alles mit ihrer Vernunft überdachte, wich auch die Furcht etwas von ihr.

Der Wagen rollte davon, das Haustor schloß sich. Thomas blieb allein zurück. Das Mädchen brachte ihm das Abendessen und fragte, ob er noch etwas wünsche. Er schüttelte den Kopf. Das Essen berührte er nicht. Unbeweglich blieb er sitzen. Dann hörte er, wie unten die Läden geschlossen wurden, wie sich der Schlüssel in der Haustür drehte, und, nach langer Zeit, wie die Lampen im Vorplatz ausgelöscht wurden. Dann blieb alles still. – Die Zeit verrann, unbeweglich saß Thomas.

Da rief es ihn, und er folgte.

Leise verließ er das Haus; die Türe zog er fest ins Schloß.

12.

Vom Mond beschienen lag das alte Haus vor ihm. Er trat durch den Torbogen in die Halle und schritt zum Hof, zum Garten. Ein wüstes Feld dehnte sich grau vor ihm. Zur Seite lag ein schwarzes Loch; dort stand einst Maos Linde. Er wandte sich zum Haus, zum Giebel mit dem Wappenschilde, er sah nur leere Luft. Er wollte die Stelle sehen, wo einst der Flieder stand. Unten murmelte das Wasser, fern ragte der Turm, leiser Wind strich durch die Öde.

Er wandte sich zurück zum Hause, er schritt die Treppe empor zum Vorsaal. Der Mond schien hoch hinein; er trat ins Eßzimmer – er fand es nicht. Nach allen Seiten klaffte kahler, nebeliger Raum. Zur Seite, wo sein Schlafzimmer war, starrte Luft und Himmel, sein Fuß stockte vor der Leere.

Alles, alles war vorbei.

Aber eine wunderbare Ruhe war in ihm. Er fühlte seinen Körper nicht mehr, als er nun über das Geröll hinwegschritt, als er die niedrigen Wälle überklomm. Wie ein Schlafwandelnder schritt er leicht und sicher an allen aufgerissenen Tiefen vorüber, und nun war sein Ziel erreicht:

Vor ihm lag, vom Sternenhimmel beschienen, deckenlos der dunkle Raum, in dem er in seinen frühen Kinderjahren Stunden abgeschiedensten Alleinseins verbrachte, in dem er mit Mao einst allein war. Leer gähnte der Raum, die gegenüberliegende Wand fiel tief herab, ins Bodenlose.

Er hielt die Hände vors Gesicht, den Kopf geneigt, lange, lange.

Und leise wuchs das alte Haus um ihn empor, seine Flügel schoben sich näher und näher, unhörbar rückte es um ihn zusammen, das Dach wölbte sich über ihn, leise Töne eines uralten Gesanges umschwebten ihn. Sie verhallten nicht, sie schwangen um ihn in unsichtbarem Reigen, verbanden sich mit ihren Schwestern, schaukelten und neigten sich wie Rosen an windgewiegtem Stengel:

Da tat sich die Tiefe vor ihm auf. In Strahlen sah er von der Mitte des Hauses lange Gänge ziehen, die als Schächte im Bogen niedergingen und steil über einem finstern Wasser endeten; sein unbewegter Spiegel war schwarz und blank wie Stahl. Und doch trafen sie sich unter diesem Spiegel, in tiefster Tiefe, unter dem Mittelpunkt des Hauses. Und dort saß unbeweglich eine verschleierte Gestalt. Die Töne schwollen an, dumpf rollten sie aus allen Gängen hin zu ihr, dumpf wurden sie zurückgeworfen, um abermals zurückzurollen, in ewig gleichmäßiger Bewegung, dumpfer, leiser, bis sie ganz zum Murmeln wurden und erstarben.

Aber in der ungeheuren Stille um ihn her erhob sich ein fernes Rauschen wie von Blättern, das näher und näher schwoll, vom Sturm getrieben, seine Stimmen dröhnten und brachen sich im Anprall, und nun jagten, brausten, flammten, flackerten sie ihm durchs Blut. Über ihm glühten und tosten die Blätter eines ungeheuren Baumes, schwangen in Feuerkreisen, schwarze Früchte platzten und barsten auseinander und schossen den goldenen, leuchtenden Staub zahlloser Funken nieder auf die alte Heimat.

Da klang, sprang und zerriß eine ungeheure Harfe.

Arbeiter fanden ihn am anderen Morgen im Abgrund, tot, im fahlen Frühlicht.

Erzählungen aus dem Biedermeier

Biedermeier - das klingt in heutigen Ohren nach langweiligem Spießertum, nach geschmacklosen rosa Teetässchen in Wohnzimmern, die aussehen wie Puppenstuben und in denen es irgendwie nach »Omma« riecht.

Zu Recht. Aber nicht nur.

Biedermeier ist auch die Zeit einer zarten Literatur der Flucht ins Idyll, des Rückzuges ins private Glück und der Tugenden. Die Menschen im Europa nach Napoleon hatten die Nase voll von großen neuen Ideen, das aufstrebende Bürgertum forderte und entwickelte eine eigene Kunst und Kultur für sich, die unabhängig von feudaler Großmannssucht bestehen sollte.

Georg Büchner Lenz **Karl Gutzkow** Wally, die Zweiflerin **Annette von Droste-Hülshoff** Die Judenbuche **Friedrich Hebbel** Matteo **Jeremias Gotthelf** Elsi, die seltsame Magd **Georg Weerth** Fragment eines Romans **Franz Grillparzer** Der arme Spielmann **Eduard Mörike** Mozart auf der Reise nach Prag **Berthold Auerbach** Der Viereckig oder die amerikanische Kiste

ISBN 978-3-8430-1884-5, 444 Seiten, 29,80 €

Erzählungen aus dem Biedermeier II

Annette von Droste-Hülshoff Ledwina **Franz Grillparzer** Das Kloster bei Sendomir **Friedrich Hebbel** Schnock **Eduard Mörike** Der Schatz **Georg Weerth** Leben und Taten des berühmten Ritters Schnapphahnski **Jeremias Gotthelf** Das Erdbeerimareili **Berthold Auerbach** Lucifer

ISBN 978-3-8430-1885-2, 440 Seiten, 29,80 €

Erzählungen aus dem Biedermeier III

Eduard Mörike Lucie Gelmeroth **Annette von Droste-Hülshoff** Westfälische Schilderungen **Annette von Droste-Hülshoff** Bei uns zulande auf dem Lande **Berthold Auerbach** Brosi und Moni **Jeremias Gotthelf** Die schwarze Spinne **Friedrich Hebbel** Anna **Friedrich Hebbel** Die Kuh **Jeremias Gotthelf** Barthli der Korber **Berthold Auerbach** Barfüßele

ISBN 978-3-8430-1886-9, 452 Seiten, 29,80 €